洪荒記

Primordial Chinese Mythology

宋耀珍——著

西王母×九天玄女×神荼鬱壘×靈山巫咸×比翼鳥，
宋耀珍短篇神話小說集

天地初開時，女媧有感於大地荒涼，用黃土和雨水造了人——
「只是活著可不行，你們要有夢想，要能創造奇蹟！」
「光會做夢還不夠，你們必須懂『愛』，讓生命生生不息！」
從此，世間有人有神，還有代代相傳的人與神相遇的故事。

取材自《山海經》的神祇鬼怪，以現代視角重新書寫；
一起追尋未知的遠古社會，探索華夏民族的文化根源！

目錄

目錄

女媧神蹟錄

撲朔迷離的出身

神出生的真相不會被人間知曉，但神會把一些蛛絲馬跡透露給人們。女神女媧的出身撲朔迷離，有著諸多版本。

其中之一，她是男神伏羲的妹妹，華胥氏是他們共同的母親。華胥氏是華胥國的女首領，她有著海豹皮一樣光滑健康的皮膚，她的眼睛是兩顆星星，在深夜一旦睜開，她的華胥國就一片光明，如同白晝。她的長髮是真正的瀑布，只要願意，甩出去能捲走樹木和岩石。但她更是一個溫柔的女子，有著裊娜的身段和顧盼生輝的眼神，她也常常夢到嬰兒，並把他們抱在懷裡久久地親吻。天上的雷神知道了她的渴望，就在華胥國的祭壇前留下足跡。有一天，華胥氏的腳踏在了雷神的足跡上。於是，她懷孕了，然後生下了伏羲和女媧兄妹倆。這樣的出身讓女媧成為半人半神。

還有一種，女媧是獨立的女神，在大地上人類還未誕生之前，她的足跡更多地留在天上。她蛇身人面，這樣的形象只是一種。她有七十種變化，但七十是概數，她有無數的變化。她喜歡自己蛇身人面的樣子，身體柔軟、可以像柳條一樣擺動，既便於滑行，又極具美感。她的面孔也是女性的，月亮一樣的皮膚上流動著星星的光芒。她的呼吸有著青草在早晨散發出的清香，她吸引著成群的始祖鳥環繞著鳴唱。

綿延不絕的人類相信這才是女神女媧的形象。

最偉大的泥塑家

女媧從高遠、浩渺的天空緩緩落在大地上。大地上寂寞、空曠，神們只是在飛行中偶爾降下來歇歇腳，或者體驗一下步行的感覺，在堅實的地面上走上一會兒。但女媧不是這樣，她有一種對大地莫名其妙的好感和眷戀，她的身體一觸碰到大地，心裡就會升起來一陣激動。她遊走在大地上，看著高大稀疏的樹木、形單影隻飛翔的鳥和那幾隻像是在沉思的石爪獸，心裡又升起來淡淡的憂傷。

「大地上應該有更多的生命，熱鬧而生機勃勃。」

女媧要在大地上創造生命的消息在天上傳開，幾個大神紛紛前來出謀劃策。「創造的生命要有陰陽之分別。」黃帝說。「還要有耳朵和眼睛，能夠聽見和看到。」上駢說。「要有手臂，可以勞動。」桑林說。「還要有靈魂。」「還要懂得善惡。」……很快，「人」的構造和形像在大神們的商討中確定下來。

「用什麼材料呢？」

女媧決定就地取材，用黃土和水和成的泥創造人類。

女媧是一個偉大的泥塑家，她開始了塑造人的工作。

她用大地上隨處可見的黃土和雨水和成的泥塑造出農夫，用海水和岸邊的沙土和成的泥塑造出漁夫，用山裡清澈的泉水和山巔最潔淨的土和成泥塑造出巫師、藝術家和詩人。第四天，她有點疲倦，不慎用了不淨的水，這樣塑造出了邪惡的人。第五天，她請來天上的大神，要求祂們兌現他們對人類的承諾。於是，在大神們的歡呼聲中，那些在太陽下只晒乾了皮膚的泥塑，從沉睡中醒來，懷著神賦予的品格向大地上散開。

望著自己塑造出的人的背影，女媧悵然若失。「要給他們記憶的能力，讓他們知道自己來自泥土。」女媧想著，「還要給他們夢想的能力，讓他們可以創造奇蹟。」

愛神

男神黃帝賦予人類陰陽之別，人類在形體上有了明顯的區別，漸漸地在行為方式和勞動能力上也有了區別。但是，人類的數目卻在減少，生機盎然的大地趨於沉寂和荒涼。

女媧看到這樣的情形，猛然醒悟過來：

「當初，雖然給了人類眼睛，卻沒有給他們看見美的能力，雖然給了人類手臂可以勞動，卻沒有告訴他們手臂還可以用來擁抱，雖然賦予人類陰陽之別，卻沒有同時給予他們愛的能力。要有愛和婚姻，人類才能生生不息。」

於是，女媧把散落在大地各處的人們召集在一起，讓他們陷入沉睡之中，然後，她在和好的新泥中，摻入了花香和玉石的粉末，把女人修補得充滿馨香和光彩照人。當人們醒來後，那些沒有被修補過的男人，立刻把讚美和渴望的目光投向了那些新人，她們像清晨的露珠一樣新鮮、圓潤和充滿活力。

音樂和詩歌女神

女媧發現自己造的人類並不完美，於是，她又長久地待在大地上觀察人類，思考還需要賦予人類什麼樣的能力。

一天，一個用山泉和潔淨的土造成的人來到女媧的面前，他開口說道：

「女神，人類在白天勞作，但在漫長的夜晚感到無限的寂寞，如何驅散這樣的寂寞，讓人類在夜晚擁有可以帶來愉悅的別樣的聲音。」

「好吧，明天你再來找我，我會給你一種樂器，你可以用嘴把它吹奏出各種別樣的聲音，不過，它不只會讓人類感到愉悅，也會讓人類感到悲傷。」

第二天，那人早早來到女媧的面前，堅定地表示願意同時擁有愉悅和悲傷。於是，女媧取出準備好的笙簧，並手把手地教那人如何吹奏。很快，那人可以吹出類似鳥兒鳴叫的聲音。女媧看著她選中的人，欣慰地說：

「可以了，我命名你為音樂家，你還可以想辦法創造出類似的別的樂器，並學習如何吹奏，教會更多的人聚集在一起吹奏。」

音樂家離開時，女媧吩咐他喚另外一個用山泉和潔淨的土造成的人來。被選定的人來了，這人目光清澈，身體卻顯得有些虛弱。女媧憐惜地說：

「你這樣的身體真不適合在烈日下勞作，我命名你為詩人，你可以給音樂家譜就的曲子配寫歌詞，愉悅的曲子配上快樂的詩句，悲傷的曲子配上催人淚下的詩句。」

詩人沉默著，然後把目光迎向女媧。他反駁道：

「為什麼要給音樂配上詩句呢？為什麼要把詩歌作為音樂的附庸呢？我要有自由表達的權利，我要讓詩歌成為一種獨立的聲音。」

女媧微微吃了一驚。很快，女媧開口道：

「詩人啊，我答應給予你你要的特質，但同時也永遠賦予你虛弱的身體，讓你只能發聲，而沒有行動的體魄和能力。」

詩人毫不猶豫地點頭答應。他走出很遠了，女媧還能聽到他吟詠的詩歌：

日出而作，

日落而息。

鑿井而飲，

耕田而食。

帝力於我何有哉！

冶煉和建築工程師

女媧煉石補天的事蹟盛傳在人間和天神中間。

其時，天崩地裂，洪水從天空的西北缺口上傾瀉而下，大地被撕裂開幾道口子，滾燙的岩漿噴湧而出，大地上的一切生命遭遇到滅頂之災。女媧懸在更高的天上，看著大地上人的屍體像草芥一樣漂浮在水面，只有那些居住在大地東南角高山之巔的人還存活著，但他們已經絕望，癱坐在岩石上等待洪水的淹沒。

「人類是多麼孱弱啊！」

女媧出現在那些倖存者面前時，她已經讓他們居住的山巔升得更高，即使再大的洪水、再猛烈的岩漿也奈何不了他們。

「現在，你們安全了，還有幾種原來生活在森林裡的動物，牠們將來是你們的牲畜，可以幫助你們勞作。但是，你們要保證和牠們永遠友好相處。」

然後，女媧開始了煉石補天的工作。她挑選各種質地堅硬的石頭，並且要有顏色，要在雨後霧氣的折射中，讓大地上的人們看到美麗的彩虹，由此想到他們曾經遭受的災難。

接著，她借助地下噴出的岩漿和火焰，把它們冶煉成成塊的彩色石頭，一塊一塊地補在那龐大的缺口上。補天的工作持續了春夏秋冬四個季節，那些倖存者虔敬地關注著女媧的一舉一動，他們也因此學會了冶煉和如何建築房屋。天空補好後，女媧又把草木灰塞入大地的裂縫，讓樹木和青草迅速生長出來。

大地恢復到原來的樣子，一場大雨從天而降，雨水沖走了地上的垃圾。雨後天晴，人們驚奇地看到天空中投下五顏六色的光線。

「它叫彩虹，是補天的石子的顏色。」女媧告訴人們，「人啊，當彩虹出現時，你們沉睡的記憶要醒來。」

補充

女媧補天用的彩石採自大地各處。夜深人靜時，山間夜行的旅人聽到身旁或者地上的石頭，會發出歌唱一樣的聲音。人啊，你應該知道，它們是在歌唱偉大的女神女媧氏！

少昊逸事

鳥大臣們

這是遠古時代一段特別快樂的時光，黃帝的兒子少昊在東海之濱建立了一個部落，自己成為這個部落的首領，而輔助他的大臣是各種鳥兒。

少昊出生時，有紅、黃、青、白、玄五種顏色的五隻鳳凰突然降臨在院子裡，牠們鳴叫著、跳躍盤旋著，直到迎來少昊的第一聲啼哭。從此，少昊不管是行走還是縱馬馳騁，鳳凰以及其他鳥兒就像是他忠誠的衛兵，守衛在他的周圍。

他和鳥兒們嬉戲、交談，討論各種事情，他制定法律，限制鳥兒們不得啄吮莊稼，他還訓練百鳥，定期舉行盛大的音樂會，以慶祝豐收或者娛樂百姓。

當他成為自己建立的部落的首領後，便任命鳳凰總管百鳥，任命燕子掌管春天，負責選種和播種的事務；伯勞掌管夏天，負責除草、澆水的事務；秋天收割莊稼的事務由鸝鶓掌管；到冬天，儲存糧食的事務由錦雞掌管。另外，他任命和善的鶺鴒為教育大臣，負責淳化民風和把幼兒培養成人；任命凶猛的鳥為軍事大臣，負責訓練軍隊和保家衛國；任命雄鷹為司法大臣，雄鷹儀表威嚴、剛直不阿，使部落路不拾遺、夜不閉戶；他任命斑鳩為言論大臣，斑鳩的善辯，讓少昊的為政理念深入人心。另外，他讓野鳥們競爭，選出五隻來分別管理木工、漆工、陶工、染工和皮工，並要求這五位管理者，自己要成為所管手藝的理論家。

少昊閒暇時喜歡撫琴，遇到百姓中某一家嫁娶時，他就帶著古琴和百鳥同去慶賀。少昊的部落在百鳥的治理下，風調雨順、民風淳樸，百姓安居樂業。

但是，一個生死攸關的問題卻讓少昊無計可施，就是醫藥大臣的選定。在百鳥中，沒有一隻鳥勇於挑起這個擔子。不得已的情況下，少昊希望從臣民中找到這樣的人選，但所有的臣民已經習慣把重要的事情交給鳥兒來做，懶惰讓他們很輕易地把重擔推開。因此，疾病一直困擾著少昊的部落。

少昊壽終正寢後，繼位的嬌極解散了鳥大臣們，百鳥依依不捨地離開部落，飛向四面八方。不過，這個百鳥管理國家的傳說一直在鳥類中傳播著，只是人們已經不再熟悉鳥的語言，當然也聽不懂他們的鳴叫也許就是在吟誦他們短暫的輝煌歷史。

青鳥氏

少昊建立的由百鳥管理的部落，在嬌極繼位後實行新政，鳥大臣們被全部遣散，各奔東西，部落開始由人來管理。其中有一個官吏青鳥氏，官職微不足道，少昊時代，他幫助掌管春天的燕子和掌管夏天的伯勞司職，就是分別在立春和立夏的當天責成青鳥、黃鳥使勁鳴叫，通知大地上的所有生命時令的到來。嬌極繼位後，他毅然決然和百鳥們一起離開了部落。

他來到了離部落三座高山之外的鴨子國裡。鴨子國其實名不副實，鴨子國的人並非鴨子，只不過這裡的人長著鴨腿、鴨腳，而且腳蹼特別寬大，下雨時可以提到頭頂當傘用，留下的那隻腳依然能夠從容行走。鴨子國民風淳樸，遠離人群聚集之地，過著與世無爭的日子，青鳥氏的到來受到了這裡百姓的歡迎，因為青鳥氏有恩於他們。

少昊時代，沒有人知道，青鳥氏還是一個預言家。幾年前的一個夏天，青鳥氏預測到一場暴雨將要襲擊部落，並且殃及鴨子國，他立刻派一隻青鳥去通報鴨子國，使鴨子國避免了一場滅頂之災。

這次，青鳥氏也不是一人來到此地，而是帶著幾隻鳥。

其中有一隻藏珠鳥，牠來自神仙居住的瀛洲，羽毛呈紅色，腹部的絨毛呈淡紅色，頭顱高仰著，看上去就像是一隻鳳凰。牠一般不鳴叫，一旦鳴叫，嘴裡就會隨著叫聲吐出一顆顆圓潤的珍珠來，這些珍珠光彩照人，分量卻很輕，牠們經常出現在神仙們飄揚的衣袂之上。還有兩隻預言鳥，一隻是青鳥，一隻是黃鳥。牠們的樣子像普通鳥，但牠們分別出現在某地時，一隻預示著吉祥，一隻預示著災難。

女神西王母出行前，青鳥會提前飛往女神要去的地方，並且要在那裡的天空盤旋很久。如果有十隻以上的青鳥在某地的上空盤旋，那麼，這是在預言此地將出聖人。

如果是一隻黃鳥，牠棲落在一個官宦人家院子的樹枝上，即使牠不叫，這家人家也會遭遇災難。如果是一群黃鳥聚集在一起，不分白天黑夜地飛翔在一個國度或部落的上空，那麼，這個國度或部落將遭遇滅亡。勇猛的蚩尤部落在與黃帝開戰前，就曾經有上百隻這樣的黃鳥在部落的上空盤旋，蚩尤沒有聽懂上天的警告，而是挑選神箭手向天空萬箭齊發，把所有的黃鳥射落，最後，在著名的涿鹿之戰中，遭到種族被滅之災。

青鳥氏把藏珠鳥、青鳥和黃鳥分別放歸不同方向的森林裡，他沒有把牠們的神奇告知鴨子國的人們，他打算在這個與世無爭的國度裡平靜地度過餘下的人生。

一目國

據說，少昊有一個兒子，一生下來就只有一隻眼睛，長在鼻梁之上，整個面部的正中央。這隻眼睛橫在那裡，非常明亮，像一顆泡在泉水裡的寶石，少昊就給他取名為明亮。

部落的總管鳳凰建議，應該專門為明亮建造一座住宅，以等待另外一隻眼睛的出現。少昊聽從了鳳凰的建議。

住宅建在一座高山上，陡峭的山路擋住了百姓的腳步，但鳥兒們卻可以輕易地飛進飛出。明亮從三歲就開始學習種植。山頂上適合種植黍子，這種植物耐寒，成熟後，果實可用來釀酒和做軟軟的糕食用，秸稈晒乾後可作為牛羊過冬的乾草，根鬚從田裡掘出，把土在石頭上敲掉，晒乾後則是最好的柴火。

直到十二歲，明亮的另外一隻眼睛仍沒有出現的任何跡象。

有一天，少昊上山來看他。他說：

「父親，你讓我離開這裡吧，讓我去一個遙遠的地方，建立一個屬於自己的國家，那個國家的所有人，應該都像我一樣長著一隻眼睛。」

少昊看著身體壯實的兒子，欣慰地點頭答應。

第二天早上，一隻羽毛華麗的鳳凰從山頂飛起，明亮坐在背上，鳳凰的脖子上懸掛著一個小小的布袋，裡面裝著黍子的種子，粒粒飽滿。

明亮選擇了一座更高的山，山頂背陰的凹處還積存著去年的白雪。明亮用七天的時間，為自己和鳳凰建造了一個可以容身的草屋，遠遠望去，就像一個放大版的鳥巢。

明亮吩咐鳳凰，飛往各地去尋找只有一隻眼睛的人、只有一條腿的人、只有一隻臂膀的人、只有一隻耳朵的人……如果願意，就把他們帶到這裡來。

很快，鳳凰帶回來第一批臣民，他們是二十隻獨腿的鳥，有一人高，翅膀寬大，足可以穩穩地坐上去三個成人。明亮最初見到他們時，以為是一群白鷺，一條腿撐著身體，另一條腿縮回到腹部的羽毛裡。但過了很久，見他們踱步時，另外一條腿沒有落下來，而是蹦跳著前行，才知道他們是一群獨腿的鳥。

「這是商羊鳥，他們能夠預測風暴和雨雪，也能飛上幾天幾夜不歇翅膀。」

接著，鳳凰和商羊鳥們飛向四面八方。

一年後，一目國在高高的山頂上初具規模，它是一座普通城郭，夜色下像山下的任何一座城郭，安靜、吉祥。

只是太陽升起後，陽光喚醒屋子裡的人，人們紛紛從屋子裡出來，奇異的情形就出現了。

這裡的人，有的長著一條腿，走起路來像商羊鳥蹦蹦跳跳；有的長著一隻臂膀，像粗壯的樹幹從胸脯伸出來，手掌就像樹枝，長著一隻眼睛的人為數眾多，但每一隻眼睛都非常明亮，像一顆顆泡在泉水中的寶石……

鳳凰和商羊鳥也醒來了，明亮也醒來了，一目國開始了它新的一天。

時辰之蟲

古代把一晝夜分為十二時辰，並根據十二生肖中動物的出沒時間來命名每個時辰，分別是：子、丑、寅、卯、辰、巳、午、未、申、酉、戌、亥。人們發明了日晷，一個石製的圓盤上，沿著圓周均勻地刻上十二個時辰，圓盤的中央垂直豎起一根銅製的指針，也就是「晷針」，然後把圓盤安放在一個石臺上，呈南高北低，讓晷面平行於天的赤道面。這樣，當太陽移動時，陽光照向晷盤，晷針陰影的移動就表示出時辰的變化來。

各式各樣的日晷擺在人們聚集的地方，大大小小城鎮的廣場上，讓生命變得像一首歌一樣充滿了節奏。

不過，在偏遠的、人跡罕至的地方，有人卻不屑於用日晷計算時間。

在南方的深山裡，居住著幾戶人家，他們以採摘野果和偶爾打幾隻野兔為生。每一家都養著一種蟲子，像蜥蜴一樣，不過身體要長些，腦袋上像小女孩子一樣盤著髮髻，一直連到背上。這種蟲子拖著長長的身子，行動速度極快，喜歡在樹上竄來竄去，休息時卻躲到籬笆牆下的草叢裡。不過，主人只要一聲呼喚，牠們就立刻竄出來，趴在主人能夠一覽無餘的地方。這時候，主人只要看一眼蟲子身體上的顏色，就可以準確地知道現在是什麼時辰，因為，這種蟲子會按照十二個時辰準確地變換身體的顏色，而且相鄰的顏色對比非常強烈，即使是弱視的老人也能分辨清楚。

在不遠處的另一個寨子裡，人們養的是壁虎大小的蟲子。這種蟲子出入於家裡家外，隨便爬行在牆壁、桌面和屋子的橫梁上，人們想知道時辰時，只要眼睛搜尋到一隻，看牠的腦袋變成了什麼，就可以準確地知道現在是什麼時辰，因為，這種蟲子會按照十二個時辰變換自己的腦袋，完全按照十二生肖的排列，一個時辰變換一個。不管牠變成什麼動物的腦袋，絕不會傷人，相反，那可愛、調皮的樣子經常給寨子裡的人們帶來歡樂。

深山裡還傳頌著這樣一個故事：

很久之前，來了一個商人，此人專門行走在窮鄉僻壤，搜尋各種奇珍異寶。村民們問他什麼是奇珍異寶，他從行囊裡掏出一個香爐來。香爐是青銅製品，通體發著幽深的光澤，碗口一樣大的蓋子上，沿著邊沿均勻地凸起來十二生肖的腦袋，腦袋向上，都張開了嘴巴。商人揭開蓋子，把香爐點著，再蓋上。其時巳時剛過，只見香爐上蛇的嘴裡冒出一線香煙，裊裊娜娜向上飄去。大家耐心地等到午時，蛇嘴裡的香煙消失，挨著的馬嘴裡緩緩吐出了香煙。商人說，這個香爐的香煙，能夠準確地按照十二個時辰，從相應的十二生肖仰著的嘴裡吐出來。這個寶物，他是在一個開渠引水的工地上找到的，其時，勞工們把它從泥裡挖出來，拋擲在亂石中間，他路過時發現了它。

善良的村民們把變顏色和變腦袋的蟲子捉來給商人看，商人表示驚異，村民們便慷慨地各捉一隻送給商人。商人喜滋滋地離開寨子。

不過，村民們不知道，他們的寶貝蟲子，一離開深山，就失去了變化的能力，那個商人也只好無奈地把它們放生。

七聖少年

雲花寺修繕一新，住持興奮了一陣子，新的煩惱就又來了。

雲花寺的修繕，幾乎用盡了住持幾十年化齋累積下的銀子。眼看著冬天即將到來，所剩部分勉強能夠撐到冬天過去，因為住持有腿疾，不宜在冬天出去化齋，尤其天下了雪，積雪久不融化，住持就會被堵在外面寸步難行。但住持煩惱的不是這個，而是每天做完功課，看著大殿內四壁上裸露的泥灰，他就開始為沒有足夠的銀子請畫師而心煩。按計畫，他準備來年開春，用一個春季的時間化齋，這樣累積起壁畫需要的費用。但是，有一天早上，他突然生起一個念頭，他要在近期把這個工作完成。

於是，他讓居士們傳出話去，邀請各路畫師前來試畫。

接著，三三兩兩來了幾撥人，但都談不妥。有些畫師嫌報酬太低，又不願意賒帳；有一個畫師倒是願意，住持找堵矮牆，讓他試著畫了幾筆，畫工實在太差，住持只好溫言勸走。這樣，熱鬧了幾天，雲花寺方圓幾十里內的畫師幾乎都來過了，大殿的四壁依然裸露著泥灰，這讓年過花甲的住持在睡夢中，也禁不住嘆出聲來。

這天，他做完早課，伏在大殿內高大的菩薩像前，心念一動，「我要在七天內完成這件事情。」他走出大殿時，心情感到非常輕鬆，身體也像被清水洗過一樣清爽。

「可是，怎麼完成這件事情呢？」

住持走到院子裡時，發現大殿的上空盤旋著一群白鴿，他粗略地數了數，有七隻。鴿子白色的羽毛在早晨的陽光下非常刺眼，他趕緊把目光移開，當他再次抬起頭時，那七隻白鴿已經飛向了遠方。

住持走出寺院的大門，迎面走過來兩個少年，每個都個頭高挑，穿著非常合身的白色長衫，住持感到兩股清氣迎面撲來。

走近時，一個少年止步，雙手抱拳，對著住持說道：

「師父是雲花寺的住持吧。」

住持點頭。

「我們是畫師，專程來為大殿畫壁畫的。」

住持疑惑地看著這兩個少年。

「你們？」

「我們兄弟七個，都是畫師。雲遊路經這裡，聽說您的寺院剛剛修繕，只是大殿裡還缺壁畫，就差我倆先來接洽。」

「可是，你們？」

住持看著眼前兩張稚嫩的臉，有些不放心。

「我們保證在七日之內完成壁畫。不過，有一個條件，你必須答應。」

「什麼條件？」

「在這七日內，你必須從外面關緊門窗，不管白天黑夜，都不能窺視裡面。至於食物，你也不必考慮，我們自有辦法解決。」

住持看少年口氣堅決，又無半點浮誇之感，不禁點頭答應。

「不過……」

住持突然想起報酬的事。

「報酬嘛，」兩少年稍一對視，「我們不收取任何報酬。」

住持回到禪房，剛過了一盞茶的工夫，就聽到院子裡有輕盈的腳步聲。他推開窗戶望出去，只見院門外走進了七個翩翩少年，都穿著白色的長衫，一陣清風般進了開著門的大殿，然後從裡面關上了殿門。

住持欣慰地點點頭，拿起來一個木牌，推門走出屋子。

他按照和少年畫師的約定，把殿門從外面上了鎖，又檢查了東牆上的窗戶，這扇寬大的窗戶是大殿唯一的窗戶，需要架著梯子才能上去。然後，他到大殿門前，把手裡一直拿著的木牌掛在門環上。

木牌上寫著：

各位居士、施主：

本殿因繪製壁畫，需要關閉七天。敬請理解。

回到禪房，住持激動的心情稍稍平息下來。「我在菩薩面前想著七日內完成壁畫，馬上就有七個少年畫師不請自到，而且保證在七日之內交工，還分文不取，看來這七個少年是菩薩派來的，既然是菩薩派來的，我就可以高枕無憂，就可以坐享其成了。」住持想著，不覺雙手合一閉上眼睛，很快就進入打坐狀態。

接下來的幾天，笑意一直掛在住持的臉上。住持招呼居士們擠在禪房裡做功課，剩餘時間裡，就不時地繞著大殿轉，生怕有人看不見告示，硬生生地把鐵鎖打開。

「鐵鎖的鑰匙在我手裡，除了我，誰能打開呢？」

每次住持手裡掂著鑰匙，都會搖著頭笑出聲來。

第七天，也就是約定的最後一天，一大早，住持醒來，突然感到一陣止不住的心慌，「六天過去了，大殿裡一直悄無聲息，如果那七個孩子惡作劇，早就化作輕煙溜走了呢？」這個念頭一旦在他心裡升起來，就怎麼也驅散不了。

他趕緊起床，竟然顧不得做每天必須做的功課，三步並作兩步奔到大殿前。他哆嗦著掏出鑰匙，要把鑰匙插進鎖孔裡，不料鑰匙掉在了地上。鑰匙碰在青石上發出的清脆響聲，把他從慌亂中驚醒。

「我怎麼能這樣呢？怎麼能毀約呢？」

住持急忙撿起鑰匙來，像做錯了事情，帶著滿臉的尷尬逃回了禪房。

午休後，住持又繞著大殿轉了一圈，最後，腳步停在那扇寬大的窗戶下面。

「雖然約定說不能窺視裡面，但我畢竟是寺院的住持，有責任督察他們做工的進展情況。況且，今天是最後一天，已經下午了，該交工了，我應該提醒提醒他們啊！」

住持一邊想著，一邊從不遠處的牆根下扛過來梯子，嘴裡不住地念叨著上面這幾句話，既像在給自己找理由，又像給自己壯膽，不知不覺中就踏上了梯級，一隻手搭在了窗戶的木框上。

他輕輕拉開窗閂，推開一道縫。他還沒有來得及把頭探過去，突然感到背後刮過來一陣風，「嘩啦」一聲，風把窗戶吹得大開。住持聽見大殿裡一陣慌亂，接著是一陣「撲稜稜」翅膀搧動的聲音，他眼前晃過幾道白色的射線，還帶著勁風。

他掉頭跟著白色的射線望去，只見群白色的鴿子盤旋在大殿的上空。他仔細數了數，七隻。七隻鴿子盤旋了一會兒，看上去像是依依不捨地飛向遠方。

住持走進了大殿，大殿瀰漫著一股濃烈的油彩的味道，陽光從寬大的窗戶和打開的殿門傾瀉進來，大殿內一片光明。大殿四壁已經畫上了壁畫，一個個佛像慈悲莊嚴，腳下的蓮花像剛從水中冒出來，鮮豔、過真。不過，在右壁的右下角，有坐墊那麼大一塊地方，還露著泥灰。

「都是我的錯，我再耐心一點，這個角也就畫好了。」

住持自責著，轉身跪在大殿的菩薩像前，合掌閉目，緩緩低下了他的頭。

伯奇的哀怨

一隻鳥的哀怨有多大？

伯奇小的時候，活潑、調皮，特別喜歡爬到樹梢去，在蕩蕩悠悠中與小鳥嘀咕。但是，他一旦坐在書桌前，展開一冊典籍，就好像變了一個人，專注得像一顆釘在木板上的釘子。伯奇的父親尹是國家的大將軍，平日公務纏身，很少關心和料理家事。雖然家裡設有管家，但家中大小事的拍板者，還是伯奇的後母。後母對伯奇明裡噓寒問暖，暗裡卻把他看成禍根，謀劃著怎麼除掉他。後母盤算著，來年自己有了親生兒子，其聰明程度絕不會超過伯奇，伯奇聰明絕頂，又排行老大，尹家恩寵將集於伯奇一身，所以，除掉伯奇就成了後母的當務之急。

後母處心積慮，終於想出了辦法。

這天早飯過後，伯奇照例走出院子，準備到不遠處的樹林裡轉上一圈。沒走出多遠，就見有個陌生的年輕人蹲在路旁，前面地上放著一個鳥籠，裡面有一隻鳥叫得正響。伯奇從小喜歡鳥兒，立即停下腳步，也蹲在鳥籠旁。籠子裡的鳥樣子很漂亮，羽毛華麗，嘴長而嫩黃，叫聲清亮而柔和。

「這是隻什麼鳥？」伯奇問。

「我也叫不上名字來。」年輕人回答，聽口音不是本地人。

「從哪捉來的呢？」

「南山。」

「南山？那裡我去過幾次，從來沒有見過這種鳥。」

「我取出來你看看。」年輕人打開鳥籠，伸手把鳥兒捉了出來，但是，在往伯奇手裡傳遞時，手鬆得早了些，鳥兒趁機猛搧翅膀，立即飛到了空中。

兩個人眼睜睜看著小鳥向南山方向飛去。

「抱歉。」伯奇尷尬地看著年輕人。

「沒關係，我現在再去捉一隻回來。」年輕人大度地揮揮手，提起鳥籠抬腳就走。

「我陪你去！」

一直到晚上，伯奇也沒有回來，後母派管家把消息稟報尹，尹立即調集幾百名軍士，命令徹夜尋找。一時間，滿山的火把把南山和北山照得如同白晝。黎明到來時，有兵士在南山的一個懸崖底下找到了伯奇的屍體。清晨，伯奇血肉模糊的屍體被搬放在院子中央時，天空中突然從四面八方飛來上千隻鳥兒，一邊盤旋一邊悲鳴。

所有人都認定，愛鳥的伯奇在攀到懸崖邊那棵樹上與鳥兒聊天時，不慎掉落到了懸崖之下。

伯奇的父親尹在悲傷和征戰中度過了五個年頭。

這年冬天裡的一天，尹寬大、結實的馬車行進在大道上。大道上積雪有一寸厚，車輪碾過，留下兩道筆直的溝渠。大道兩旁，是白茫茫的莊稼地，偶爾會有幾棵還掛著殘雪的樹，孤零零地站在遠處，給人一種被遺棄的感覺。

突然，馬車被積雪下的什麼東西絆住，車夫在馬頭上空甩個響鞭，四匹馬同時向前發力，但馬車卻紋絲不動。車夫跳下馬車，趴在地上撥拉開積雪。這時，尹正撩開車簾準備察看馬車狀況，一聲哀怨的鳥鳴像箭一樣射進了他的心。他的心一陣慌亂，猛抬頭，看見幾丈開外，一棵樹橫出來的一桿樹枝上，孤零零地棲著一隻鳥兒。

那隻鳥兒見尹望向自己，繼續叫了起來，一聲比一聲哀淒，最後聽上去就像是一個孩子的哭聲。

「是伯奇嗎？」尹悲從中來，不禁淚流滿面，「如果是我的兒子伯奇，就飛到馬車上來，我們一起回家。」

鳥兒聽了尹的話，果然飛了過來，落在尹的手心。

車夫驚奇地望著，悄無聲息地回到座位上，輕輕一碰頭馬的屁股，馬車就毫無障礙地向前馳去。

馬車停在了尹家院子裡，尹下了馬車。他小心翼翼地托著小鳥，好像托著的是一塊冰，生怕手心的溫度把它給融化了。他朝著迎上來的夫人喊道：

「看，誰回來了？是伯奇！」

「誰？伯奇？」已經變得胖乎乎的夫人吃驚地問。

聽到這個聲音，尹手心裡的鳥兒突然鳴叫起來，聲音淩厲，同時迅急地飛向夫人。夫人見狀，驚叫著轉身就逃。夫人邊逃邊驚恐地喊叫，鳥兒邊追邊憤怒地鳴叫。尹站在院子裡，突然明白了什麼。他返身從馬車上取出一副弓箭，緩緩地把箭搭在弓弦上，用力，對準亂成一團的夫人和鳥兒射去。

只聽一聲慘叫，夫人胖乎乎的身體重重地栽倒在地。接著，是一聲更加淒厲的鳴叫，鳥兒像彈弓上射出的石子，「嗖」的一聲飛離了院子。

「伯奇！伯奇！」尹叫喊著跑出院子。

「伯奇！伯奇！」尹叫喊著，奔跑在白茫茫的雪地上。

「看，尹將軍在追一隻伯奇鳥。」

偶爾遇到的路人好奇地議論著。

據說，這隻伯奇鳥雖然報了仇，卻沒有平息心中的哀怨。有時，人們會看到，在一些樹枝上，會懸掛著串在一起的幾隻小青蛙的殘骸，看上去非常殘忍和恐怖。有人親眼看見。這是伯奇鳥幹的！

玄女小傳

壹

一個疲憊不堪的老婦人，牽著一匹瘦骨嶙峋的馬走進了村子。村子坐落在茫茫沙漠的邊沿，孤零零地，像一個被遺棄的棋子。村口有一眼井，井邊排著一長串的人，旁邊立著一長串笨重的木質水桶。老婦人朝著水井走過去，走近時一頭栽倒在地上。

老婦人並沒有因此昏迷過去，而是強撐著坐起了身子，請求人們把井水給她和她的馬飲用。一個剛剛打滿了兩水桶水的漢子，粗暴地拒絕了她的請求。一會兒後，吱吱呀呀的轆轤又抽上來兩桶水，這兩桶水的主人是一個老人，他用渾濁的眼睛看看老婦人，搖著頭挑起水桶蹒跚著離開。緊接著是一個婦女，她急匆匆地挑著水離開。老婦人絕望地垂下了乞求的雙手，那匹馬也無力地臥在了她的身旁，頭伏在井邊鋪著的青石板上。

過了很久，一桶清涼的水放在了老婦人的面前，水面上一個木製的水瓢徘徊著。老婦人艱難地抬起頭，一個小女孩咧著嘴笑著，示意她快快喝水。她看看自己的手臂，搖搖頭。小女孩領會了她的意思，立即彎腰提起水瓢，舀滿水，小心翼翼地把水送到她的嘴邊。老婦人伸手想把水瓢接在手裡，卻不慎把水瓢打翻在地上，水瀉在石板上，流進兩邊的縫隙。那縫隙像一張乾渴的嘴，立刻把流水吸吮得乾乾淨淨。

這時，周圍響起了叫罵聲和譴責聲：

「佚女，妳瘋了，把水給一個異鄉人喝。」

「真是敗家子！」

「快喊她的父親來，揍她一頓。」

但是，佚女沒有改變主意，又舀出一瓢水，水面稍淺了一些。

老婦人把嘴湊近一飲而盡。老婦人似乎恢復了一些體力，站起身，自己走到水桶前，將水桶提起來，放在馬頭前，輕輕拍拍馬的腦袋，馬翻身跪在地上，把頭伸向水桶。當馬的腦袋在人們的喊叫聲中離開水桶時，水桶裡的水已經精光。馬匹精神抖擻地站起來，愉快地仰頭嘶叫了一聲。

佚女開心地笑了。

「我可以再喝一些嗎？」老婦人趁機問。

佚女猶豫著，最後勉強點點頭。

老婦人毫不客氣地提起另一隻水桶，像端起來一個小水罐，毫不費力地一飲而盡。現在，兩個空空的水桶放在地上，像兩隻驚恐的眼睛望著小女孩。

佚女的父親奔跑著到了，他望著兩隻空空的水桶，再看一眼站在一旁的女兒，她像做錯了事情一樣，膽怯地避開父親的目光。周圍的人七嘴八舌地把情況告訴了他，他聽完，並沒有責備女兒，反而把她擁在懷裡，撫摸著她的頭髮安慰她，然後對老婦人說：

「這裡就這一眼井，這眼井隔十天出一次水，剛夠全村三十戶人家每戶兩桶。妳和妳的馬把兩桶水都喝光了，我們家這十天之內就沒有水喝了。」

「但是，你救了一個老人和一匹馬的命，而接下來的十天，你可以想辦法度過。」老婦人說，似乎對佚女的慷慨並不感激。

「妳不心存感激嗎？」父親問。

「如果我不感激你的女兒，你就會譴責你的女兒做這件事情嗎？」老婦人反問，語氣冷冰冰的。

這時，村民們紛紛圍了過來，怒氣沖沖地指責老婦人的德行。

「我只想聽聽你的女兒的說法。」老婦人粗暴地高聲喊道，然後把目光投向依偎在父親懷裡的佚女。大家也跟著把目光投了過來。

「當然，救人是最重要的。」佚女回答。

老婦人一臉釋然的表情，讚許地朝佚女點點頭。

貳

老婦人住了下來，而且住在佚女家裡。

第三天，家裡一滴水也沒有了。老婦人說她去找水，然後背起放在牆角的水罐，並找了一截木棍做拐杖，走出了屋子。路過臨時搭成的馬廄時，她停下來拍拍馬背，像是告訴馬匹找到飲水後，她很快就回來。

接下來的幾天，靠著鄰居家的救濟，佚女一家三口勉強度了過來，但馬匹已經癱臥在馬廄裡，一雙大眼睛痴痴地望著院門。

「不會有雨的。」佚女的母親手搭涼棚仰頭望著天空，原本結實的手臂露著半截，皮膚變得鬆弛而乾燥。她的嘴唇翻捲著發白的乾皮，像極了熱風正吹過乾旱的沙漠。

第六天，老婦人還沒有回來。上午，佚女的父親走進馬廄，用短刀割開了馬匹的血管，馬血像就要斷流的泉水，勉強地流滿了一小盆。父親端著它，走進了屋子。一會兒後，屋子裡有了響動，佚女走了出來，她走到馬匹跟前，俯下身體止不住哭泣起來。

第八天，老婦人回來了，背回來一罐清水。但她看到倒在馬廄裡的馬匹後，臉色大變，身體一陣抽搐。佚女一家驚訝地看到，站在面前的已經不是那個老態龍鍾的婦人，而是一個衣著光鮮、容光煥發的婦人。西王母現出了原形。

「不能用別的生命換取自己的生命，因此你們必須受到懲罰。」西王母嚴厲地說。

父親跨前一步，拍拍自己的胸脯。

「不，父親是為了救我的命才殺死馬匹的。」佚女說，然後擋住父親，站在了西王母的前面。

西王母點點頭，把手搭在佚女的肩上。佚女像是受到巨大力量的壓迫，立刻匍匐在地上，渾身長出了雪白的毛髮，手臂和腿變細，長出了短毛，手掌和腳變小，變成了四隻蹄子，頭變形為一隻綿羊的頭。佚女意識到自己的變化，驚恐地抬起頭來張開嘴要喊「父親」，發出的卻是羊的「咩咩」的叫聲。她想站起來，身體卻異常沉重，她站立不起來。

「作為懲罰，你的女兒變成羊要獨自去山林、平原覓食和生存，一年後她也許可能活著回來，但這要看她自己的造化。」西王母對眼含熱淚的父親說，說完，又轉向已經變成羊的佚女，「一年之內，妳即使遇到妳的父母，也不能與他們相認。」

一旁，母親癱坐在地上緊緊抱著佚女痛哭不已。

參

佚女被趕出了村子，她一步三回頭地「咩咩」叫著，眼淚掛在臉頰的絨毛上。她的母親暈倒在地上，她的叫聲揪緊了全村人的心。

村子的一邊是無邊無際的沙漠，另一邊是無邊無際的草原，佚女朝草原的方向走去。她打出生到現在還沒有離開過村子，現在卻變成了一隻羊，要獨自去往未知的地方，她感到害怕，四條腿顫抖著，每邁出一步都很費力。淚水止不住地流著，模糊了她的雙眼。就這樣，她迎著陽光的方向邁步走著，走著，一直到肚子嘰哩咕嚕地叫起來。

飢餓讓她從懵懂的狀態中清醒過來，她抖落眼角的淚水，放眼一望，太陽已升得老高，她來到了一片水泊前，水泊周圍的青草碧綠、潔淨。她環顧四周，四周非常安靜，只有幾隻蝴蝶翻飛著翅膀，從一朵花到另一朵花，飛翔中沒有弄出一點聲響。她小心翼翼地把嘴伸向青草，生怕草葉邊沿的鋸齒劃破嘴唇。不過，她的嘴唇觸碰到那鋸齒時，卻感到一種癢癢的舒服的感覺。她迅速用牙齒把一束草攔腰切斷，塞進了嘴裡咀嚼起來。一種從來沒有嘗過的苦澀的味道，讓她張開嘴巴把青草吐了出來。眼淚又開始在眼睛裡打轉，她想念父親和母親，想念那些簡單卻可口的飯菜。

晚上的時候，她漫無目的地來到一處地方，看著漸漸暗下來的夜色，「我可怎麼度過這一夜呢？」她發愁地想。這時，她遠遠看見走過來一群羊，立刻找一處高點兒的草叢，把身體藏起來，等羊群湧過來時，她立刻擠了進去。

她和羊群擠在一起過了離家後的第一個夜。清晨，她被一陣狗吠驚醒，她看到一隻牧羊犬威風凜凜地吠叫著，羊群在叫聲中湧出護欄，湧向草原。「我已經是一隻羊了，就要像羊一樣生活。」她告誡自己，然後把嘴唇湊近一片剛冒出地面的青草。

從此，佚女艱難地開始了一隻羊的生活。

這群羊有上千隻，分成四群，在一片草原待上一陣子後，就會合在一起，向另一片草原進發。佚女隨著羊群從一片草原到另一片草原，快到冬天時，十幾個牧人用幾天的時間，把蒙古包紮得結結實實，開始準備和儲存過冬的草料、柴火、糧食和飲水。羊群只在蒙古包附近的草地上，啃嚙著已經枯黃的草，十幾隻牧羊犬興奮地在草地上追逐、打鬥。

一切停當後，第一場雪降臨在草原上。不過，厚實的羊毛讓佚女沒有感到寒冷。

這天上午，佚女看見草原遠處湧過來一群陌生人，走近了，她看清這是一群婦女，衣著厚實、笨拙，身後跟著十幾輛牛車，牛脖子上的鈴鐺響得有些沉悶。

肆

這是一群剪羊毛的女工，她們被收購羊毛的商人僱傭，要在寒冬來臨之前，給約定好的羊群全部剪毛。剪完後，有牛車把羊毛運回加工的地方去，這群剪羊毛的女工就再趕往下一片草原。

佚女雖然不能說話，但她依然能夠聽明白人說的話。

「剪完羊毛，我得挑百十頭羊回去，年前宰了，肯定能賣個好價錢！」商人興致勃勃地說，一邊把眼睛瞟向羊群，似乎在算計著能賣到的具體數字。

「好啊，隨便你挑。今年水草好，個個都膘肥肉厚。」牧羊主說，一邊高聲吩咐一個夥計，「嗨，年輕人，挑一隻羊宰了，中午烤著招待貴客。」

佚女本來聽到說要挑走百隻羊去宰了賣就開始心驚膽顫，現在又聽到馬上要宰一隻羊，趕緊邁開四蹄擠到羊欄裡堆積著糞便的地方。這裡既髒又臭，尿水把地面弄得滑膩膩的，牧羊人不會到這兒來。況且，每次遇到這種情況，佚女除了躲在這樣的地方，還有一招，就是裝出病懨懨的樣子，讓牧羊人即使瞧上一眼，也會立刻被忽略。

佚女又躲過了一劫，「我必須離開這裡了，萬一被挑上，那就只有死路一條了。我寧願凍死，也不願被人宰殺。」她想著，不禁又為自己悲慘的命運流下了眼淚。

臨近中午時，三個剪羊毛的婦女走進了羊欄，手裡的剪刀亮閃閃的。每個婦女都包裹得嚴嚴實實，只露出兩隻眼睛。她們手藝嫻熟，很快就輪到了佚女。佚女走到一個婦女面前，這個婦女鼻子上雖然捂著布，但顯然還是聞到了佚女身上的臭味，這是剛才躲著的地方的臭味，這個婦女下意識地向後坐了一下，不過馬上又挺直了身子。只聽她悲嘆道：「唉，我可憐的女兒呀，妳在哪裡呢？」

佚女聽出來是母親的聲音。她抬起頭，認出了那兩隻眼睛。眼睛雖然已經被長久的淚水浸泡得像兩顆桃子，但那熟悉的目光沒有變。佚女立刻張嘴喊道：「娘，娘！」

不過，母親聽到的卻是「咩咩」的叫聲。

「唉，羊啊，你叫什麼呢，難道你聽得懂我的哀嘆？」

佚女的淚水止不住地流了下來。

「唉，羊啊，莫非你就是我那可憐的女兒?可是，我那女兒白白淨淨，怎麼會是你這樣子……」

佚女的母親一邊哀嘆著，手裡的活卻絲毫沒有停下。很快，佚女身上的毛被剪完，母親的手拍著她的身體，催促她趕緊離開，讓下一隻羊過來。這一刻，她想做出一些激烈的動作，以引起母親的注意，但想到西王母的叮嚀，她還是克制住了自己的情緒。

她離開很遠了，還能聽到母親在獨自念叨著：

「唉，我可憐的女兒呀，妳在哪裡呢？」

佚女決定晚上離開此地。

伍

被剪掉了身上厚實的羊毛，白天還沒有特別冷的感覺，到黃昏時分，佚女開始渾身打顫，她趕緊擠進羊群中間。羊群擠在一起互相取著暖，「這麼冷的天，我會被凍死的。」她想，「如果母親能把我帶走，該多好啊！」

下午，她裝著吃草的樣子，在牧場上轉來轉去，卻再沒有看到母親。她在家時，喜歡用樹枝在地上畫一隻只飛鳥，母親經常誇獎她畫得像是真的。她想找到母親，便用蹄子在地上畫一隻隻飛鳥，這樣，母親就知道這隻羊就是她的女兒了。那一陣子，她完全把西王母所謂的禁忌扔到了一邊，她只有一個願望，就是跟著母親回家。

現在，寒冷讓她的這個願望更加強烈。

天漸漸暗下來，草原上一片寂靜，牧羊犬警覺地在羊欄周圍巡視著，蒙古包那邊的燈光早已熄滅。牧羊人睡得早也起得早，羊毛已經剪完，明天一早，運送羊毛的牛車就要啟程，那百十隻羊也要跟著離開。

午夜，天空上零星地閃著幾顆星星，不過，這已經足以讓漆黑一團的草原有些光亮，能夠依稀辨別出方向。佚女在確定守護這邊羊群的牧羊犬熟睡後，悄悄地從圍欄的空隙中鑽出來，朝著沒有路的草原深處走去。在這樣的季節，她不能到有牧羊人或者村莊的地方去，這樣的地方等待她的肯定是被宰殺。

佚女藉著微弱的光亮，起初小心翼翼地走著，後來身體感到發涼，就開始奔跑，直到跑得累了，一頭栽倒在一片草地上。

清晨，溫暖的陽光灑在她的身上，她醒來，發覺自己來到了一處陌生的地方，這裡，草還沒有徹底枯黃，地面還不太寒冷。很快，她聽到近處有動物用舌頭舔水的聲音。她感到又渴又餓，立刻站起身朝水聲的方向走去。

水邊，十幾頭野獸埋頭飲水，牠們聽到身後佚女的腳步聲，敏捷地齊刷刷把身體轉了過來。佚女驚駭地看到，這是十幾匹面露凶光的狼。她有些慌亂，不過憑經驗她鎮靜下來，轉動眼珠察看周圍有什麼可以救命的地方。她發現，右側有一片低矮的灌木叢，因為陽光強烈，看不清到底是什麼灌木，除此，草原一望無際地向四方鋪開，開闊得讓人感到絕望。

佚女想好了逃向灌木叢的路線後，她迎著狼群的目光看過去，判斷出這群狼並不飢餓，牠們不會急於捕獲獵物，獵物已是牠們囊中之物，牠們定會痛痛快快把獵物戲弄一番，然後才下手。

佚女先朝灌木的反方向移動，有兩匹狼跟了過來，她又往灌木叢方向移動，那兩匹狼也移了過來。佚女裝出亂了方寸的樣子，忽左忽右跑來跑去，離灌木叢越來越近。

那兩匹狼乾脆停下來，蹲在了草地上，想看這隻羊究竟要幹什麼。其餘的狼也飲足了水，懶懶散散地踱著步走過來，不過，目光並不集中在佚女身上。

佚女看清了這是一片荊棘，這時候她離這片荊棘已經很近，她看準那兩匹狼互相蹭著身體嬉戲的時機，快速奔向荊棘叢。

陸

荊棘叢非常密集，荊棘劃傷了佚女的身體，佚女已經顧不得這些了，她拚盡全身力氣往裡鑽，一直到感覺渾身的力氣快要耗盡，才轉過身停下，她要看看那兩匹狼有沒有跟著進來。

她看到自己鑽得並不深，只鑽進十幾步的樣子，但這已經足以把狼群擋在外面了。現在，所有的狼都圍了過來，在荊棘叢前來回逡巡，試圖找到可以避免被荊棘刺傷的地方。有幾匹狼伏著身體，用前爪猛力地刨著地面，不過地面堅硬，只聽到利爪摩擦地面的聲音，沒有被刨起的土落在地面的聲音。佚女的心稍稍平靜下來，她暫時是躲過這一劫了。

很快，狼群朝著佚女號叫了幾聲，然後排成長長的隊列離開了。陽光下，狼群毛髮閃亮，像一把利劍的影子掠過草原。

現在，佚女可以休息一會兒了。但疼痛傳遍全身，身上的長毛被剪掉後，只留下薄薄的一層，所以很容易被劃傷。同時，一陣強烈的飢餓感也襲擊著她的胃口。這時，她發現自己被困在了濃密的荊棘叢中，她甚至驚嘆自己是怎麼闖進來的。

她試著把身體往外挪動，荊棘上的刺刺進了她的肉裡，她不禁尖叫著向後退縮，後面的荊棘就又刺到了她的皮膚，她只好一動也不動地控制著身體，盡量不讓身體有絲毫晃動。

好在這時陽光變得強烈，把溫暖灑在她的身體上，減輕了佚女身體的疼痛和種種不適。有幾隻鳥飛過，看見被困在荊棘叢中的佚女，就落在荊棘枝條的頂端，嘰嘰喳喳地叫著，像在好奇地議論著她。地面也有小動物在竄動，把枯草弄得沙沙作響。有一個軟軟的身體碰到了佚女的腿，不過，佚女實在沒辦法低頭和牠打招呼。

這樣被困了好長時間，佚女發現自己的頭的右上方，有一截還泛著綠色的細細的枝條，上面隱隱約約地冒出幾根刺來，看上去就像嫩芽，她小心翼翼地把嘴巴伸過去，先用嘴唇碰碰那幾根刺，軟軟的，於是，她立刻欣喜地把它咬斷含在了嘴裡。她要先享受一下食物含在嘴裡的感覺，然後再慢慢咀嚼著，把它吞嚥下去。

不過，一個尖細的聲音讓她大吃一驚，那條嫩枝也因此掉落在地上。

「你為什麼把我咬斷？」

佚女瞪大眼睛循聲看去，聲音發自那枝條的斷茬處；同時，那斷茬處滲出了紅色的汁液，汁液凝聚成一滴時，就滴落下來。

那斷茬處又說道：

「你鑽進來時，我們盡量把身體往兩邊挪，不願傷害你；你進來後，我們把身體合攏起來，讓狼群對你無可奈何。我們保護了你，你卻為什麼要咬斷我身體的一部分？」

佚女驚駭地不知該怎麼回答。

「你不要害怕，我們曾經也是人，是各個部落和王國的采詩官，負責把民情民意如實採集後向上匯報，但我們為了討好上面，故意報喜不報憂，有時還捏造事實取悅上面，所以，負責懲惡的西王母把我們變成了荊棘，讓我們渾身長滿了刺，直到我們再變回人身。」

佚女聽完，心生同情，想把自己的身世也說給荊棘們聽，但發出的依然是「咩咩」的叫聲。荊棘發現佚女能聽得懂他的話，就又說道：

「現在，你還需要待著，因為那群狼並沒有走遠。等下午時，我們會挪開身體，放你出去，並指給你哪裡可以尋覓到食物和水，並告訴你朝哪個方向走可以避開狼群，因為狼群晚上還會回到這一帶。不過，你必須要再咬斷一截枝條，讓汁液流出來，我們才能告訴你這些。」

柒

在等待那個離開的最佳時刻到來前，佚女很想知道這些人的靈魂，是怎麼被囚禁在曲折多結的荊棘裡的。荊棘似乎能猜透她的心思，就開口講道：

「我們的虛假報告，得到了國王的歡喜，於是給我們各種賞賜，有職位上的、有財富上的，我們得意忘形，這時靈魂就飄飄然離開了大地和身體。當神的懲罰降臨時，我們的靈魂還飄在外面，正好飄在這片荊棘叢的上空。神的懲罰到來，我們的靈魂便跌落下來，落進了荊棘叢中。我們的靈魂就和荊棘的種子結合在一起，荊棘長出來時，靈魂就被囚禁在枝幹之中。我們不知道什麼時候才能離開荊棘，回到我們自己的身體裡。」

荊棘一邊說，一邊哀嘆，那斷茬處的汁液也滲得特別緩慢，最後徹底停止了滲透，荊棘叢陷入死一樣的寂靜。

等到下午時分，佚女準備離開了，她動了動身體，荊棘叢的枝條就盡量往兩邊挪。雖然如此，佚女還是不時被尖刺刺傷。終於鑽了出來，她想起荊棘說過要給自己指一條去路，但又想到必須再咬斷一根枝條，荊棘才能一邊流血一邊說話。「不能這樣，」她毅然決然地順著太陽移動的方向走去，「狼群是朝東面走的，我得避開牠們。」

佚女走出很遠了，心裡還在感激救了自己生命的荊棘叢，她不由得駐足掉過頭朝那邊望去，心裡祈禱著那些靈魂能夠盡快回到自己的身體裡，離開這荒涼、寂寞的草原。

現在，飢餓再次襲來，她的胃裡像有一把刀在攪動，她埋下頭想在枯草中找到幾根綠色的。枯草實在無法下嚥。口也渴得厲害，感覺上下嘴唇一碰就會碎裂。四條腿也變得非常無力，感覺無法支撐著身體邁動。她看到眼前有許多黑點在晃動，這些黑點起初像蚊子、蒼蠅、蜜蜂，接著就迷迷糊糊地連成一片。

她感覺自己在黑暗中，摸摸索索地走了很久，腳下坑坑窪窪，她想邁開步伐卻又不敢。終於，她看見了遠處有些許光亮，就朝著光亮走去。

走近了，她驚喜地看到了父親。

「父親，父親！」她喊著奔了過去。父親正端著熱騰騰的飯菜，看見了她，立刻把飯菜放到桌子上，張開臂膀把她抱了起來。一股熟悉的體溫傳到她的身體裡，她渾身恢復了力氣。這時，她看到母親也走了過來，眼角掛著淚水，竭力控制著不哭出聲來。

「母親，我這不是回來了嗎？」她安慰母親，「妳聽，我又能說話了，不用整天『咩咩』叫了。」

她掙脫父親的懷抱，撲向母親，卻撲了個空，好像母親只是一個影子。

「母親！」她驚慌地喊道，再次撲過去，卻依然撲了個空。這次，她沒有能夠收住腳，一下子撲到了地上。

捌

一陣急雨敲打在佚女身上，佚女醒了過來。雨雖然下了一小會兒就停了，但地上那些坑窪裡還是積下了些許雨水。佚女急忙爬起身子，俯下腦袋，貪婪地吸食積水，然後順便把周圍淋溼的枯草吃進嘴裡。

她只顧埋頭飲水和吃草，天已經漸漸暗下來，又一個難熬的夜要降臨了。

生澀的雨水和苦澀的雜草填飽了佚女的肚子，她的心暫時平靜下來，想著剛才做的夢，又無聲地流了一會兒淚。

現在，該考慮到哪裡去了。

佚女變成一隻羊後，一直和羊群在一起，白天外出吃草，有牧羊人指引，晚上在羊圈裡，又有牧羊犬保護著，所以要獨自面對無邊無際的草原，她感到特別害怕。尤其是黑夜，她看著漸漸暗下來的光線，心裡就會湧起莫名其妙的恐懼。以前，她會躲在羊圈的角落裡，或者擠在羊群中間，現在，她能躲到哪裡去呢？

草原開闊得讓人絕望，她沒有任何獨自面對草原的經驗。然而，現在她必須獨自面對了，「親愛的父親和母親在等待著我，況且，害怕也解絕不了問題。」她幫自己加油，振作起精神，心裡陡然升起一股勇氣。

她看見前方有一處隆起來的地方，走了過去，站定，往四周看。她發現遠處影影綽綽像是有一個小木屋，她決定到那裡去看看。

草原上看上去不遠的地方，要走過去卻很遠。佚女站在小木屋前時，天已經完全黑了下來。不過，雖然月亮鑽進了雲層，但星星像大粒的鑽石一樣閃爍著，把草原照得一片明淨。佚女沒有立刻走進去，而是躡手躡腳地圍著小屋轉了一圈。小木屋不大，但很結實，有一道門閉著，有一個方形的窗戶，半開著。這樣的小木屋，是為穿越草原的旅人特別搭建的，讓他們中途過夜或者休息。佚女想知道裡面有沒有人，便靠近窗戶諦聽，她聽到裡面似乎有人的呼吸聲。她靜靜地聽了一會兒，確定裡面的人在熟睡狀態，便把前蹄搭到窗戶邊沿上往裡面瞅。裡面黑洞洞的，星光能照到的地方，露出了半截綁著繃帶的腿來，腳上穿著獸皮做的鞋，鞋幫上滿是乾掉的泥巴。另外，一支長戟的下半截，也露在月光下，緊貼著那人的腿。「這是一個獵人，」佚女判斷，「獵人對一隻羊暫時是不會有危險的，我可以想辦法進去，天明後我可以伺機逃離。」

佚女想著，試了試兩隻前腿的力量，看能不能把身體支撐起來，然後翻過窗戶進到屋子裡。她試了幾次，都不能成功，身體的三分之一趴到窗戶邊沿時，就再沒有剩餘的力量了。她垂頭喪氣地臥在了窗戶下面，抬頭茫然地望著天上的月亮和星星。她感到自己身上人的東西在減少，羊的東西在增加，「這麼低矮的窗戶，要在從前很輕易地就翻進去了，可是現在……」她想著，淚水從眼眶裡滾落出來。

「咦，這隻羊怎麼躲在這裡偷偷流淚呢？」

突然，一個男孩子略顯尖細的聲音響起，同時，佚女感到有東西擋住了月光，讓她陷入一片陰影之中。

玖

站在佚女面前的，就是那個躺在屋子裡的獵人。不過，這個獵人雖然衣著像個獵人，還手握著長戟，但身體不夠壯實，手裡的長戟很長，和他的個頭很不協調，戟尖在半空閃閃發亮，而且，藉著月光，可以看見他的那張孩子臉。

佚女剛才被他的聲音嚇了一跳，等看清站在面前的獵人的模樣，立刻沒有了恐懼感和緊張感，身心頓時感到一陣輕鬆。她立刻站立起來。

少年繼續說道：

「這麼空曠的草原，到處是危險，一隻羊怎麼會出現在這裡呢？」他像是自言自語，又像是在問佚女。「不管怎樣，不能讓牠一個待在外面。」

少年說完，對佚女喊：「來，羊兒，進屋子來吧。」他邊喊邊招手示意佚女，佚女就跟在少年後面進了屋子。進屋子前，少年把戟桿擰了擰，戟桿就隱去了一半，隱到和少年一般高。

屋子裡黑乎乎的，少年很快打火石點著了燈，燈是一截在油脂中浸過的松木，光線雖然微弱，但和從窗戶外傾瀉進來的月光匯在一起，屋子裡的陳設已經清晰可辨。況且，這半年多來，佚女的眼睛已經習慣了黑暗，也能夠在黑暗中粗略地辨識對象。因此，佚女進了屋子，就看到屋子裡很整潔，像是有人用心打掃過。

「本來屋子裡亂糟糟的，但我喜歡乾淨，所以就收拾了一番。」少年似乎能猜到佚女的心思，盯著佚女的眼睛說。

少年從他躺的地方抽出一張氈子來，在他對面的牆邊鋪開，「羊兒，地面太陰冷，鋪上這個暖和一點，這就是你的床了。」

少年說著，自己笑了起來，「羊兒，別嫌我囉唆，我有半個月沒有說話了，好不容易找到伴，就由不得囉哩囉嗦的。」少年鋪好了氈子，一屁股坐回到自己的地鋪上，然後看著佚女也臥在那張氈子上。「別感激我，看你又要落淚了。對了，忘了告訴你，我的名字叫刑天，離開家鄉半個月了，我喜歡音樂，有人稱我為音樂家。確實，我會製作各種樂器，也能吹奏它們。我能聽懂鳥獸的語言，我還能和牠們對話，因此，我從你的眼睛裡看出，你的心裡好像藏著很大的委屈。你的眼睛很美，像一個女孩子的眼睛……」

刑天說著，聲音漸漸低了下來。佚女望過去，看見他已經閉上了眼睛。

「不過，我得告訴你，我誕生在一個預言裡，而且一連串可怕的預言等著我。我被這些預言控制著，身不由己。」

刑天說完這句話，徹底沒有了聲音，進入了夢鄉。這時，月光正好移到了刑天的臉上，佚女看見這是一張清秀而潔淨的臉。

拾

佚女睡了一個離家以來最安穩、溫暖的覺，她醒來時屋子裡已經只留下了她。刑天的地鋪空著，但一捲行李整齊地立在牆角。她起身，也想把氈子捲起來，立在那捲行李的旁邊，但她做不到，這讓她本來愉快的心情變得有點沮喪。

她幾步走到門前，門朝外開著，她試圖用頭去抵開，但門從外面插住了。「他肯定是怕有什麼野獸闖進來。」她想，心裡很是感動。窗戶開著一半，佚女把臉迎向陽光，眼睛裡立刻出現了五顏六色的游動的光絲，她就這樣一直仰著頭，讓游絲在眼睛裡自由酣暢地變幻。

門從外面打開，刑天興沖沖地走了進來，身後是瀑布一樣的陽光和青草的味道。

「羊兒，皇天不負苦心人，一大早沒有白忙活，終於在一片湖水邊，找到了還泛著青色的草，我背回來一捆。另外，這兩壺水是在湖中央打的，是最清澈的水，而且被太陽晒了一個早上。餓了吧，快來吃吧！」

刑天一邊說，一邊把青草放在地上，抽出一把來遞到佚女嘴邊，佚女聞到了一股淡淡的清香，津津有味地吃了起來。過了一會兒，刑天把湖水倒在蜷成小碗樣的手裡，遞到佚女的嘴邊，這樣連續五次，直到佚女喝飽了，用嘴唇把他的手輕輕推開。

自始至終，佚女一直用感激的目光看著刑天。

「不要驚訝，我能讀懂鳥獸的語言，雖然你從昨天到現在沒有吭聲，但我能從你的眼睛裡看到你想說的話。比如，現在，你很感激我。」

刑天匆忙間就著水吃了幾塊乾糧，興致勃勃地衝佚女說著話。

「我沒有猜錯的話，你是一個女孩子，受到一種神咒，變成了現在的樣子。這點和我相似，我被一連串的預言所控制，不僅身不由己，而且對未來一無所知。」

刑天嘆口氣。佚女被變成一隻羊以來，第一次聽到有人說她是一個女孩子，她激動地點著頭，一邊用蹄子在地上劃出「佚女」兩個字來。

刑天歪著頭，仔細辨認了一會兒，用不肯定的語氣念道：

「佚女？」

佚女又是一陣點頭，一瞬間激動得流出了眼淚。

「佚女，妳果然是一個女孩子，妳還擁有人類的感情和思想，只是形體和生理發生了變化。是哪個狠心的神祇向妳施了咒，讓妳遭受如此巨大的災難。」

佚女搖著頭，示意不能謾罵和責怪神祇。

「好吧，我不說這個了。」刑天轉移了話題，「昨天，一隻飛鳥從我頭頂飛過，丟下來一個預言……」

拾壹

不過，刑天還沒有來得及繼續說下去，屋子外面就響起了嘈雜的聲音。他警覺地把長戟緊握在手中，示意佚女躲到安全的角落，他側著身子把頭從門裡探出去。

他看見一大群人正驚慌地向這邊逃來，嘈雜的聲音也漸漸變成驚恐的尖叫。這群人被一個巨人追趕著，那個巨人像一棵高大的杉樹，挺拔而俊美，揮動著門板一樣大的手，試圖拍打到前面逃竄的人群。刑天看出，巨人的步伐故意邁得很小，他並不是真的想拍到逃竄的人群，而僅僅是在嚇唬他們。

「佚女，跟在我身後。」刑天回頭吩咐佚女，然後挺起長戟衝出了屋子。

他等人群從身旁奔跑而過，立刻把長戟斜著向上刺了出去，抵在巨人的胸前，就像一根樹枝要抵住即將倒塌的牆壁。看上去絕不可能，但他的長戟奇蹟般地阻擋了巨人。巨人停住了前行的腳步。

「你是誰？為什麼要擋住我的去路？」巨人甕聲甕氣地喊道。

「先回答我的問題，回答完了，我就放你過去。」刑天仰著頭說，聲音一字一頓，以讓高處的那兩隻耳朵能夠聽得清楚。

「好吧，」巨人好像遇到了強硬的對手，嘆口氣說，「你問吧。」

「你是誰？」

「我不願意透露我的名字。」巨人搖著樹冠一樣龐大的頭顱回答，「不過，我可以坦率地告訴你，我是一個貪婪的人。我出生在一個貧窮的家庭，我的個頭很低，經常受到小夥伴們的嘲笑，但我立志要改變命運，於是我開始學習經商，長年累月的磨練，讓我終於成了一名腰纏萬貫的商人。我帶著黃金和寶石送給部落首領和國王們，然後從他們那裡得到翻倍的財富。我吃遍了人間的美味，對食物失去了胃口，於是，我開始飲食黃金、珠寶，身體便開始翻倍地脹大，但是，黃金和寶石也不能夠滿足我的胃口。某一天，我突發奇想，為什麼不嘗嘗吃人的滋味呢？於是，我準備把人活活地吞進肚子裡，因為我有足夠大的嘴巴和胃口。」巨人說著，那張臉盆一樣大的嘴巴的嘴角流出了黏液，「這時，我在夢裡得到神諭，我將終身被吃人的欲望控制，在大地上追逐人群，卻永遠不會觸碰到任何一個人，哪怕是他的衣角。於是，我就開始了這樣瘋狂而永無止境的追逐，無論雨雪、無論寒霜，被欲望熬煎著，被飢餓摧殘著，永無盡頭……」

巨人說完，用懇求的眼神望著刑天。刑天把抵在巨人胸前的長戟移開，然後跳到一邊，讓出一條道來。佚女也緊緊跟在刑天身後。

巨人沒有了阻擋，立刻發足朝前奔去。不過，巨人沒有發現，那群人在刑天阻止巨人的空檔，已經掉頭向來時的方向跑回，此時早已無影無蹤。

「走吧。」刑天對佚女說，「跟著那群人，就能找到村莊。」

清晨的草原歸於平靜，刑天在前，佚女在後，他們默默地迎著太陽朝前走去。

拾貳

走了一會兒，刑天放慢腳步，等佚女跟上來。他看一眼佚女，看到佚女眼睛裡充滿了對自己的敬佩，立刻想到了那個預言。他說：

「佚女，昨天那隻鳥預言，我不能夠得到讚美，否則讚美我的人將在人世間消失，這太可怕了！」

「現在，我的心讚美著你，我也沒有消失呀！」佚女想。

「好在妳是一隻羊。」刑天回答。「不過，像我這個樣子，能得到誰的讚美呢！」他說著，又把自己亂蓬蓬的頭髮抓抓，「我這個樣子，是不是更像一個乞丐？」

佚女點頭，不過，她心裡想著：

「雖然樣子像乞丐，卻是一個少年英雄。」

果然，又走了一會兒後，他們遠遠地看見一個村子，白色的炊煙像一根根筆直的樹幹升向天空。

村口，有一眼水井，這讓佚女想到自己的家鄉。井邊只有一個女孩在汲水，她彎著腰，非常吃力的樣子。井邊的積水凍成了冰，稍不小心就有滑倒的危險。刑天把背著的草卸在地上，把手中的長戟一撂，一個箭步跨過去，一隻手扶住女孩的身體，另一隻手幫助女孩把水桶從井裡抽上來。

水桶和女孩都挪開了冰面，女孩抬起頭來，感激地看著刑天。她突然興奮地叫道：

「呀，你就是剛才攆走巨人的那個少年！我們村裡的人都在感激你，讚美你呢！」

女孩臉上現出了由衷的敬意和讚美的表情。

「不，不……」刑天臉色大變，驚恐地叫喊著，一邊快速地擺著手。

但是，小女孩的身體在變虛，像是要變成一個影子。刑天手足無措之間，用兩臂抱住了女孩。女孩最終在刑天的懷抱中消失，刑天茫然地一屁股坐在冰冷的地上，垂頭哭泣起來。佚女站在一旁，目睹了女孩消失的整個過程，想到刑天說的那個預言，無奈地看著被悲傷壓倒了的刑天。

一會兒，從村子裡走過來一個男子，他看到井邊扔著的水桶，焦急地問刑天：

「喂，年輕人，挑水的女孩去哪了？」

刑天從地上站起來，淚眼婆娑，不知該怎麼回答。他緩緩從懷裡掏出一支笛子，送到嘴唇邊吹了起來。笛子聲如泣如訴，像是剛才那個女孩藏在其中，她在告別眼前的父親和家鄉。笛聲讓那個男子淚流滿面，也讓佚女聽得悲從中來。

刑天吹完後，恭恭敬敬地朝男子鞠了一躬，男子在悲傷中似乎悟到了什麼，懵懂地點點頭算是回禮。

刑天和佚女走出很遠了，佚女擔心地回頭望，她看見那個男子還站在那裡，像一座雕像。

「父親也這樣等著我歸去！」佚女心想。

拾參

佚女在刑天的保護下，順利地度過了艱難而漫長的冬天。在朝夕相處中，佚女知道了刑天的身世，知道他被預言是一個偉大的音樂家，他受到邀請要去面見炎帝，為炎帝創造歌頌萬物和勞動的音樂。刑天也了解到，佚女被西王母的神咒所控制，要經過整整一年後才能恢復人身，並回到家鄉。但他不知道這個最後的期限是哪一天，因此，他保護著佚女在草原上流浪，以等待那一天的到來，然後他再去炎帝那裡赴約。

這天，刑天和佚女在草原上漫遊，寒風吹拂著，夾帶著雪花。「又要下雪了。」刑天說。於是，他取出一種叫笙的樂器，吹奏起來。曲子歡快而流暢，結束的時候，一座茅草屋已經聳立在眼前。「這樣，我們就不怕風雪了。」刑天欣賞著茅草屋，一邊把樂器收拾進背囊中，招呼佚女快躲進去。

佚女的毛髮已經長出來一些，新的潔白的毛髮讓她更像一隻真正的羊，不過，現在她是一隻愉快的羊。她鑽進茅草屋，刑天卻留在外面，仰頭望著天空，似乎在等待大雪的到來。

風呼呼地刮了一陣後，樹葉大的雪片從天而降。佚女從門縫往外望，她擔心風雪中的刑天。她看到刑天在飛雪中揮舞著長戟，長戟帶著勁力，雪片紛紛避開。接著，刑天騰空而起，身體在飛雪中翻滾，像一隻儲滿了力量的雄鷹，左突右衝，控制自如。刑天的身體落在地上後，順手把長戟插在了草地上，然後他騰挪跳躍，一會兒像老虎，一會兒像豹子，一會兒又像野豬一樣撞向前去，每一個動作都敏捷勇猛，雪片就繞著他狂飛狂舞。

這時，濃密的飛雪中，突然滾過來一個大雪球，筆直地逼向刑天。不過，刑天只伸出左臂就把它擋住了。

「你為什麼擋住我的去路？」那雪球甕聲甕氣地說。

「我是刑天，一個被炎帝選定的音樂家。」刑天回答，然後反問道：「你是誰？為什麼在這樣的天氣裡，在荒無人煙的草原上滾動？」

「啊，炎帝選中的人，祝福你。」那雪球說：「我曾經是炎帝選中的勇士，被指派去九黎族傳遞友好的訊息。我卻在半路上貪飲美酒，貽誤時機，致使我到達九黎時，九黎族的首領蚩尤已經發布向中原宣戰的命令。我沒能夠阻止一場戰爭的爆發，我無顏回到炎帝身旁。於是我請求神祇責罰我。我得到了責罰，就是你現在看到的樣子。每當冬天來臨，大雪紛飛的天氣裡，我就要在大地上不停地滾動，滾成一個大雪球，直到春天的陽光把雪球融化，我才能停止滾動。」

「你是誰呢？」刑天好奇地問，口氣中透露出同情。

「我羞於說出我的名字，同時我也是一個無名之輩。我被凍僵在雪球裡，只有嘴唇還能夠翕動，耳朵還能夠聽到聲音，胃口也在為飢餓所煎熬，我無法接觸到外物，哪怕是一根枯草。我只能舔食嘴唇邊的冰雪充饑。不過，你不要同情我，一個人竟然因為貪圖酒水而貽誤大事，這樣的人是不值得同情的。但我要請求你，鬆開擋著我的手臂，讓我繼續滾動，這樣我的身體可以產生些熱量。」

刑天收回了手臂，那雪球就朝前滾去，雪球裡還傳出來咬牙切齒的聲音：

「我滾，我滾，我滾滾滾……」

聽上去像是在詛咒自己。

拾肆

和刑天在一起的日子過得很快，轉眼間就春暖花開。

這天，天異樣藍，空氣中飄滿了新草的香味，刑天輪換著用各種樂器演奏，歌頌美好的春天。他演奏時，把那支笛子掖在懷裡，因為從那天起，這支笛子再也吹不出歡快的曲子。

這時，天空中突然飛來一隻鳥，鳥兒繞著佚女飛來飛去，像是在辨認什麼。一會兒，鳥兒停在了她的頭頂上空。接著，天空中響起一個聲音：

「跟著鳥兒可以回到家鄉。」

聲音消失的時候，佚女感到身體有一種被撕裂的疼痛。刑天停止了吹奏，因為他看見佚女從地上站了起來，身上的毛髮褪去，變成光滑的皮膚，原來是羊的形狀的地方，都變回了人的樣子。與此同時，幾件華麗的衣服像雲朵一樣落下來，穿在了佚女的身上。一瞬間的工夫，站在刑天面前的那隻羊，變成了一個貌若天仙的少女。

「刑天，你趕緊為佚女造一輛馬車，鳥兒會引著她回家。」

那個聲音又在天空響起。

刑天立刻把所有樂器都取出來擺在草地上，當然，那支笛子還掖在他的懷裡。然後他開始演奏，曲子中有鋸木頭的聲音，有敲打木板的聲音，也有馬匹「咴兒咴兒」的愉快的叫聲。在音樂聲中，佚女似乎看見，一群匠人在忙碌地趕製馬車，而兩匹俊美的白馬已經等在一邊，一邊鳴叫一邊踢著蹄子。

音樂結束的時候，一輛馬車已經靜靜地停在草地上，那隻鳥飛過去懸在兩匹馬頭的前方。

「佚女，上車吧，馬車會載著妳回到家鄉。」

天空再次響起聲音，刑天的目光望向佚女。

佚女心裡有些不捨，但還是跨前一步，把手伸向刑天，刑天也把手遞過來。他扶著佚女踏上了馬車。

這時，那隻鳥鳴叫了一聲，馬匹像得到出發的命令一樣，頭一仰邁開步伐。很快，馬車就消失在一望無際的草原上。刑天目送著馬車從視野裡消失，然後邁開大步朝另一個方向走去，他要去尋找炎帝，完成預言中他的命運。

佚女回到家鄉後，見到了自己的父母，但很快她就被西王母帶走了，並賜名為「玄女」，跟隨西王母學習兵法，學成後演繹出一段又一段偉大的傳奇。

惡獸窮奇與神獸疆良

惡獸窮奇

天下沒有比窮奇更邪惡的野獸了。

傳說中，牠的外形有兩樣，一樣長著老虎的身子，兩翼生出寬大的翅膀；另一樣身子是健壯的野牛，渾身長著刺，像一隻放大版的刺蝟，兩翼也長著寬大有力的翅膀。見過的人沒有描述牠的眼睛，誰又能接近牠到看到眼睛的距離，誰的眼睛又敢與牠的眼睛對視呢？當然，惡人除外，但誰又會相信惡人說的話呢？因此，對於這隻惡獸，除了上面的文字，再沒有更詳細的描述了。

但牠的「惡」卻人盡皆知。

在靜謐的古代的夜晚，只有星光能夠把連接城鎮的道路照亮。著急趕路的人，就匆匆走在這或者明亮或者昏暗的路上，他們的腳步聲應和著周圍山林裡的蟲鳴，有時也有幾聲狼叫從山梁那邊傳來。這時，他們會放慢腳步，盡量不要把腳步聲傳到山梁那邊，這樣走上一會兒，他們就放下心來，繼續一邊想著心事一邊趕路。如果這時眼前突然出現一個龐大的黑影，那黑影的前爪會把路人倒提起來，送進張開的大嘴中，路人還沒有來得及叫喊一聲，整個人就莫名其妙地落進一個黑咕隆咚的胃裡，很快便沒有了知覺、沒有了性命。

這個突然出現的龐大黑影，就是惡獸窮奇。

惡獸窮奇不只是在暗夜裡對人下手，什麼時候下手，完全由著牠的性子。

在熱鬧的古代的城鎮，街道寬闊，房屋卻非常低矮，這便放大了窮奇的形象。一頭窮奇闖進城鎮，人們束手無策。有勇猛的農夫手執鐵器，遠遠地擲向窮奇，窮奇抬起爪子一碰，鐵器就像木棍一樣飛向一邊。勇猛的農夫立即成為窮奇的速食。智慧的老者，想到用火來攻，堆積起柴火擋在窮奇前面，但窮奇連翅膀都懶得搧動，腳一點地，一個飛躍，火焰之牆就到了身後，那些點火的人瞬間被吞進肚子裡，或者被窮奇的巴掌拍成肉餅。窮奇不吃智者，但牠會用鋒利的牙齒咬掉智者的鼻子，讓智者血流滿面。

也有向窮奇屈服的人，但他們沒有得到窮奇的赦免。

惡獸窮奇只喜歡和牠一樣邪惡的人。

那些偷盜的人、搶劫的人，那些地痞流氓，那些毆打長輩和婦女的人，他們的「惡」被窮奇一眼看到，窮奇會捉來兔子、野豬送給他們，作為獎賞和鼓勵。這既助長了這些人的「惡」，更讓那些一直把「惡」藏在內心的人，迫不及待地把「惡」表現出來。窮奇在吃飽喝足之後，最大的樂趣就是唆使惡人們毆打百姓，或者勒令惡人互相毆鬥，窮奇會把輸的人的鼻子咬下來吐向空中，然後看著那隻血淋淋的鼻子如何劃著弧線，滾落到布滿塵土的地面。

人們苦不堪言，悄悄地把窮奇的惡行稟報給了舜帝。舜帝聽後震怒，召集輔臣們商討如何處置這個惡獸。這時，站在左側的少昊開口道：

「說來慚愧，這個惡獸是我的兒子，他生性如此，我便把他放歸山野之間，指望風暴和危險能夠改變他的本性，想不到他竟然跑回城鎮，而且變得更加惡劣。舜帝，我請求給他一個悔過的機會，如果他劣性不改，我會拔掉他身上的刺，剪斷他的翅膀，抽出他的腳筋，讓他不能為害人間。」

少昊態度誠懇，在場的人都向舜帝求情，舜帝勉強點頭答應。

據說，事後少昊沒有食言，把窮奇遣送到遙遠、偏僻的西北地區，在一個群山環繞的山谷中，窮奇兩條粗壯的腿上，各綁著一塊超重的隕石，窮奇的力量只夠抬起腳來挪動幾步。

昔日的惡魔，被囚禁在無人知曉的山谷中，不知道他的魔性能否改變？不過，據離這座山幾十里外居住的農夫說，大約隔上半個月的光景，深夜，他們就會聽到一種壓抑、憤怒的野獸的號叫，這叫聲讓他們不寒而慄，再難入睡。

神獸疆良

十二神獸中，疆良來歷不明，只知道牠虎首人身，四蹄長肘，全身長著粗硬的毛髮。牠最大的特點，是嘴裡經常叼著一條蛇，手裡還握著一條或幾條舞來舞去，如果不是牠長著一顆老虎的腦袋，這樣子完全像是一個雜耍團隊的舞蛇人。

牠又名「強梁」，是強勁有力、勇武的意思，也指具備這樣能力的人。顯然，牠曾經有過令人驚駭的表現，最後讓人人害怕的蛇成了牠的手中玩物。「強梁」還是「強盜」的另外一個稱呼，這表示，牠也像十二神獸中的窮奇一樣，為非作歹，用惡劣的品行折磨善良的百姓，當然也被人們深惡痛絕。

不過，牠的品行和形象啟發了行走於鄉間的畫工們。

他們把牠的形象畫在了棺木的兩側，以吞蛇舞蛇的樣子，恐嚇那些在黑暗的泥土下真實爬動著的毒蛇，恐嚇牠們不要騷擾棺木中的逝者，否則，下場會很慘！有時，畫工們也會增加一些戲謔的成分和故事性，甚至把疆良的形象稍做改變。

比如，一個畫工在漆黑的棺木上畫上了這樣一組彩色的圖案。一隻細腿鶩在低頭覓食，突然，牠發現前面有一條蛇，於是牠把蛇叼了起來，再走幾步，把蛇餵給一個大張著嘴巴、舌頭翹得又長又高的怪人。這個怪人的樣子就像強梁，怪人興奮地把蛇塞進了嘴巴。

這樣，強梁搖身一變，成為死者的守護神，在無盡的黑暗中，享受死者的感激和頌揚。

但陽光下不被人喜歡的野蠻的強梁，正如沒有人知道牠的來歷一樣，也沒有人知道牠最後的歸宿。

扶桑樹下的義和

湯谷真是個大得無法想像的地方，先說它有一棵叫扶桑的樹，粗到一匹快馬沿著它的樹身跑上一圈，需要從春天跑到冬天，如果讓一頭習慣拉磨的驢走上一圈，估計牠在出發前還是頭可愛的小毛驢，轉一圈後就變得老態龍鍾了。這棵樹是真正的高聳入雲，它的樹冠在雲層之上，樹冠上掛著十個巨大的鳥巢樣的屋子。

再說湯谷有一個水池，水無比清澈，但望不到底，水面無限地開闊，只有一個人能望得到邊。現在，這個人就走了過來，她是湯谷的主人，她是天帝帝俊的妻子之一，有著十個兒子的母親，她叫義和。

義和像所有幸福的母親一樣，面容慈悲而寬容，雙目像蓄滿了甜蜜的乳汁，隨時可以慷慨地賜予需要的人。她走到扶桑樹下時，伸手也只能搆到樹身十分之一的高處。她站定，朝著白雲上面的樹冠喊道：

「孩子們，今天輪到誰出去了？」

樹冠上十個鳥巢一樣的屋子裡，居住著她的十個兒子。

他們都聽到了母親的呼喚，不過，按照規定，他們中只有一個可以回答，這一個就是母親呼喚出行的孩子。

「母親，輪到我了。」

一個屋子的門開了，走出一個英俊的少年。他跨出門檻，好像樹冠和地面之間有幾級看不見的臺階，他拾級而下，站在了母親面前。他快樂地揚起頭來，望向母親。

「都長過我的肩頭了。」義和慈愛地摸摸少年的頭，然後輕聲說，「去把自己洗乾淨了。」

少年向那池清澈的湖水走去。

這時候，從另外一個方向走來一個少年，他的個頭比剛才的少年高過一頭，他遠遠地朝這邊問：

「母親，十弟準備好了嗎？」

「準備好了。九子，你趕緊回屋去休息吧。」

在少年的身影消失在雲端之上的一瞬間，天地之間有一瞬不易覺察的黑暗，但很快，湖水中的少年上岸了，他款款地再次向母親走來。

「十子，去吧。」這次，母親嚴肅地說，像是發出一道重要的命令。

少年聽到母親的話，身體突然發出光線，同時緩緩地離開地面，斜著朝一望無際的天空升起。他上升速度均勻，在上升的過程中，身體發出的光線越來越強。當他上升到雲端之上時，強烈的光線已經讓他變成了光團。

這時，廣袤的大地上的人們習慣地醒來，母親們對貪睡的孩子們說：

「快起床，你看，太陽都照到屁股上了。」

母親們一邊說，一邊扯開窗簾，陽光就像瀑布一樣傾瀉進來。

扶桑樹下的羲和也聽到了這些母親們的話，她欣慰地抬頭再看看那十間懸掛著的屋子，然後，邁開步伐向來的地方返回。多少年來，這樣的工作雖然顯得單調，但在羲和看來，卻是一項神聖的工作，她從不敢有一絲懈怠。她一邊走，一邊想著剛才的工作是否有紕漏的地方。當她確定沒有任何差錯後，步伐邁得快了起來，因為此刻，還有一件令她高興的事等著她去做。

這件事確實令她高興，因為明天是她的生日，帝俊要抽身親自來向她慶賀。她沉浸在幸福的忙碌之中，卻沒有想到明天將成為她一生中最悲傷的日子。明天降臨到她頭上的將是一場猝不及防的災難。

第二天，天帝帝俊到來時，他們的第十個兒子剛剛回到扶桑樹上的屋子裡，而他們的大兒子也已經升到天空，正向大地撒播溫暖和光明。

帝俊的到來，讓羲和欣喜萬分，她要把這消息告訴孩子們。

「孩子們，你們的父親來了。」

她話音一落，突然感到一絲不安。果然，兒子們聽到母親的聲音，頃刻之間，同時走出了屋子，他們渴望見到自己的父親。

「快回去！」羲和焦急地喊道。

但是，大禍已經釀成。突然之間，天空發出刺眼的光線，連帝俊和羲和都像受到了什麼巨大力量的推動，身體同時向後退了一步。這光線傳到大地時，立刻點燃了大地，整個大地變成了一片火海。

「快回去！」羲和聲嘶力竭地喊。

孩子們瞬間意識到了發生的事情，立刻返回扶桑樹上的屋子裡。

大地燃燒了九天九夜。第十天，大火熄滅了，倖存的人們望著燒焦的大地，抱頭號啕大哭。他們失去了親人和家園。

就在這九天裡，堯帝也做出了決定：命令后羿去射殺羲和的九個兒子，只留一個兒子繼續每天發光照耀大地。

羲和在巨大的悲傷中也做出了決定：留下最小的兒子。

第二天，羲和的心臟在劇烈地疼痛了九次之後，她撫摸著她的唯一的兒子的頭，強忍著眼中要決堤的淚水，說道：

「孩子，去吧，去執行你的命運吧。從此，你就是孤單一人了。」

太陽女神羲和的最後一個兒子緩緩升向天空。

巫咸小傳

通往天宮的祕密通道

巫師們雖然穿著衣袂飄飄的長衫，卻不能像神和仙人一樣心念一動，身體就離開地面飄然而起，去往高遠的天際。

但，有一些祕密的通道專為她們鋪設，她們可以自由地上達天宮，去稟報百姓的疾苦和訴求，然後安全地返回到人間。

這些通道鋪設在人跡罕至的地方，雄鷹那樣勇敢而喜歡探險的鳥沒有飛臨過，在當時官方編撰的地理圖冊和典籍中也找不到記載。巫師們保守著祕密，地上的官吏和百姓因為敬畏，內心也沒有了探詢的好奇和欲望。

靈山上就有這樣的祕密通道。

靈山，一座高聳入雲、樹木蔥蘢的大山，它的身上盤繞著不易覺察的小路，像一根繩子向上螺旋著纏繞。小路上石板鋪就的梯級，高度和寬度均勻，巫師們踏上去，梯級上就會生發出一股力量，讓她們毫不費力地上行。下行時，又有一股力量托著她們。這樣，無論多遠的路程，她們都可以在極短的時間內走完。山上除了樹木，還有各種奇異的花草，它們吐出來的香氣，讓整座山就像一個巨型的香爐，巫師們就穿行其中。這些花草都有藥用，巫師們路過時，都要離開小路走進草地去，細心地採擷。她們每人都帶著足夠大的籮筐，她們離開靈山時，就沒有上山時瀟灑了，她們都變得像一群從田裡勞動歸來的農婦，背負的籮筐讓她們彎下了腰，腳步也變得沉重而遲緩。不過，她們的臉上都洋溢著笑意。

巫師們的日常生活

離開靈山往東南方向是一條平坦的路，路可以讓負重的牛車輕易地透過。從靈山歸來的巫師們走上十幾里路後，就清晰地看到她們的家了。

這時，道路一側樹木掩映的田地背後，傳來河水流動的聲音，夾雜著有節奏的搗衣聲，一聲，一聲。再走幾步，水聲和搗衣聲變得響亮，一座浮橋出現在眼前，橋下清亮的河水向前奔騰，河岸上有幾個女子揮動著木棍，捶打著鋪在厚石板上沒有乾透的衣服。烏黑的頭髮、白皙的脖頸和手臂，在陽光下閃閃發亮。

她們聽見了橋上的腳步聲，停下手中的工作，揚起頭來。

「回來了？」

橋上的巫師邊走邊回答：

「回來了。」

再往前走，就走進一座城池，這就是天下聞名的巫咸國。巫咸國裡，所有的國民都是巫師。此刻，沿路走過，可以看到巫師們各自忙碌著。在一處籬笆圍起來的院子裡，十幾個巫師在練習舞蹈，動作遲緩、有力，充滿祈禱的意味。另一處樹蔭下，五六個巫師在吹奏各種樂器，合成的樂曲聽上去像在舉行什麼儀式。再一處地方要大些，露天的草灘上，黑壓壓地坐著上百號人，聚精會神地聽一個中年人講課。中年人站在高出地面的方木塊上，前面寬大的木頭桌子，有合起來的四塊門板那麼大，上面擺滿了各種藥草。中年人舉起一種藥草來，詳細地講解著它的藥效、合適的配方。

那幾個從靈山回來的巫師，走到這裡時停下腳步，小心地把籮筐從肩上卸下來，盡量不發出響動。

「回來了？」那個中年人停下正講著的課，向這邊問道。

「是的，巫彭師。」幾個人恭敬地齊聲回答。

「有新鮮的蓍草嗎?」

「有。」

「好,趕緊送去給巫咸師,她正等著用呢。」

巫咸國

巫彭說的巫咸師是巫咸國的建立者。

巫咸國裡,巫師們之間沒有任何血緣關係,她們從四面八方來到這裡,聚集在一起研究和試驗各種巫術。巫咸國是女兒國,這裡不接受男覡,即男性巫師。但她們除了洗衣服、做飯和掃灑庭院外,不必去田裡工作,因為巫咸師還是一個製鹽的工匠。在巫咸國的東方有一座鹽湖,巫咸師把製鹽的工藝傳給了每一個巫師,這樣,在研究和試驗之餘,大家就輪流著去鹽湖旁的作坊裡工作。鹽成為巫咸國的主要產品,巫咸國用它與周邊國家交換糧食和其他生活用品,這樣,巫師們便有更多的時間專心於巫術。

從靈山回來的幾個巫師聽了巫彭師的吩咐,急忙重新把籮筐背了起來,恭敬地朝著巫彭師鞠了一個躬,轉身走上石板路。

很快,她們來到一座有著糧倉一樣圓形尖頂的房子前,房子的弧度很大,說明裡面有足夠大的使用空間。一個巫師上前輕叩門環。

「進來吧。」裡面一個洪亮的聲音應道。

屋子裡坐滿了人，不過要比剛才露天草灘上聽巫彭師講課的少些。講臺上站著一位老人，她雖然白髮蒼蒼，臉上有幾十道皺紋，身材也很矮，但身板挺拔，眼睛裡透著逼人的睿智的光芒。她見她們進來，揮揮手示意坐著的巫師們離開。

「巫咸師，只需要蓍草嗎？」一個巫師問，一邊把籮筐輕放在地上。

「對。」

放在地上的籮筐裡豎插著一大捆蓍草，葉子和葉子間黃色的花都在。

「取出五十根來。」

其他幾個巫師趕緊卸下籮筐，圍了過來。

「葉子和花都留著吧。」巫咸師吩咐。

很快，五十根大約三尺長的蓍草擺在巫咸師面前的大桌子上，淡淡的花香緩緩地在屋子裡瀰漫開來。

巫咸和巫彭

巫咸國有號稱「靈山十巫」的十個巫師，她們的才能和德行聞名天下。「靈山十巫」，包括巫咸師和巫彭師在內。她們分成兩撥，一撥四個人，由巫咸師帶著；另一撥六個人，由巫彭師帶著。巫咸師偏以占卜、祈禱、祭祀和迎送鬼神而聞名，巫彭師則專以醫治人間百病受到尊敬。她們座下的弟子也跟著各有所長。那些練習舞蹈和樂器演奏的人們，在為祈禱、祭祀和迎送鬼神的儀式做著準備。

天下有一件大事要發生，關乎一個勇猛種族的存亡和上萬人的生死，巫咸師受到邀請參與這件大事。等待她出發的馬車在後門一直候著，每隔一小會兒，馬夫就會輕輕抽打馬匹的屁股，馬匹就心領神會地發出一陣嘶鳴。巫咸師知道，這是在催促自己。

涿鹿之戰

載著巫咸師的馬車飛馳了一天後，巫咸師出現在神色慌張、臉色憔悴的炎帝面前。幾天前，炎帝大敗於勇猛無比的蚩尤。蚩尤，九個部落的聯盟首領，率領虎狼之師，像收割莊稼一樣，幾天時間就把炎帝的軍隊橫掃而光。炎帝在幾個心腹的保護下，躲進了深山一處祕密的建築裡。

「炎帝。」巫咸師驚叫一聲，再想不出該說什麼。在她的印象中，炎帝偉岸、睿智和令人敬仰，永遠精力充沛，現在竟然變成這個樣子？

「失敗讓他如此。」巫咸師心想。

「巫咸先生，請為我指明一條生路。」炎帝無奈地說。

巫咸師遲疑著，她不願意把占卜的結果告訴炎帝，因為這個結果將導致一個種族的滅亡，還將給大地和百姓帶來整整四年的災難。

「說吧。」炎帝換上命令的口吻催促道，「一切不可避免，妳只需完成妳的使命。」

炎帝的口氣和威嚴不可抗拒。

「炎帝，請和黃帝聯合對抗蚩尤。」

於是，著名的涿鹿之戰爆發了。黃帝和炎帝聯合起來，在涿鹿之野，與蚩尤猛獸一樣的軍隊遭遇，戰鬥持續了一月之久。在這期間，黃帝與蚩尤單打獨鬥九次，都以失敗告終。接著，蚩尤作法，以濃重的迷霧籠罩黃帝的軍隊，黃帝在迷霧中損兵折將過半。第四天，黃帝的大臣風後登上高臺，看到了天上懸掛的北斗七星，他得到神諭，製作出上百輛指南車，幫助軍隊衝出迷霧。蚩尤繼續作法，請來風伯和雨師，一時間，黃帝的大軍又陷入無止境的暴風雨的抽打中。整個過程中，巫咸一直坐在後方的軍帳裡注意著戰鬥的進展。這時，黃帝命她祈禱，祈禱天上的神靈給予幫助。巫咸開始祈禱，因為沒有樂隊和舞蹈者，巫咸一個人一邊做出怪異的舞蹈動作，一邊哼唱著只有神靈才能聽懂的詞語。

祈禱結束，巫咸滿頭冒汗，像剛出籠的饅頭。「旱神女魃到了。」巫咸輕聲吐出這幾個字後，暈倒在地。果然，戰場上出現了決定性的變化。暴風雨突然停止，風伯和雨師倉皇而逃，太陽出現在天空，陽光像火焰一樣撲在蚩尤身後的勇士身上。蚩尤驚恐萬分，黃帝趁勢掩殺，蚩尤大敗。

一個時辰之後，涿鹿之野上，只留下黃帝和他的戰士們，他們跳躍著、叫喊著慶祝勝利。腳下躺著一個個剛剛被滅絕的種族的屍體。

善後

黃昏時分，巫咸憂心忡忡地回到巫咸國，黃帝取勝的消息已經先她而至。巫師們興沖沖地把她圍了起來，但看到她臉上的表情，立刻收斂起興奮，等待她的訓示。

巫咸嚴肅地環視一週，目光停在站在面前的巫彭身上，說：

「巫彭，趕緊安排弟子們上山採藥。涿鹿之戰，旱神女魃耗盡了全身精血，需要四年的時間才能恢復。四年之內，她無法控制太陽，乾旱將在大地上肆虐，瘟疫也將接踵而至。」

月亮升起來的時候，巫咸國裡已經空無一人，所有的巫師都背著籮筐，急匆匆地走在通往靈山的路上。她們的影子在地上拉得很長。

伊尹的使命

伊尹出生在一個預言之中。

有莘國境內有一條河叫伊河，河的上游有一個小村莊，村莊裡有一個婦人，她非常快樂，因為她懷孕了，而且寶寶不久就要誕生。但是，一個夢讓她憂心忡忡。夢裡，一個蒙面的神告訴她，家中灶臺裡生出小青蛙時，趕緊離開村子向東方跑，並且千萬不要回頭張望。

這個婦人就是伊尹的母親。夢讓她變得疑神疑鬼，不停地打掃灶臺，不停地用手指擦拭灶臺，看是否乾燥，絕不讓它滋生出青蛙來。幾天過去，夢裡的情景並沒有發生，婦人也重新快樂起來，每天期盼著寶寶快快降臨人間。

這天，她從田野上歸來，手裡提著一籃剛從樹上摘下的蘋果。一進屋子，就聽見了蛙聲，「呱呱，呱呱」，她順著聲音望去，只見灶臺上蹲著一隻小青蛙，身體碧綠碧綠的，像翠玉雕琢而成。她伸手去捉，小青蛙卻在一瞬間消失不見，但「呱呱，呱呱」的叫聲沒有停止，而且一聲比一聲急促，像在催促她趕緊離開這裡。

婦人一驚，想起了那個夢，籃子掉在地上，蘋果在地上滾來滾去。她飛快地奔出了院子，一邊跑，一邊喊著「快跑，快跑」，但村民們都莫名其妙地看著她，像看著一個突然發瘋的人。

她跑出很遠了，聽到身後靜悄悄的，沒有一絲發生了什麼大事的聲音，她禁不住回頭一看，她看到一排大浪像一堵牆一樣倒了下來，悄無聲息地壓在她的身上。

伊河兩岸的村子都被淹沒在河水之中。

半個月後，洪水退了，有莘國國君沿伊河河岸察看災情。河流兩岸的泥沙裡裹挾著農具、廚具、房梁和家具的殘骸，還有居住在兩岸的百姓的屍體。國君和隨從們臉色凝重，有官吏用短木條統計死亡的人數，數一個就把手中的木條取一根，插進腰間的布袋裡，布袋鼓了起來。官吏拿著木條的手在微微顫抖。

岸上有一片桑樹林，國君揮手示意去那裡休息。走進桑樹林，一株被雷劈過的老桑樹引起了國君的注意，因為裡面似有隱隱約約的哭聲，仔細諦聽，像是飢餓的嬰兒在哭鬧。國君讓年輕的隨從爬上去，果然從裡面抱出了一個赤裸裸的嬰兒。

這個嬰兒就是伊尹。

伊尹在國君的呵護下長大，他雖然飽讀詩書、胸懷大志，無奈長相醜陋，漸漸失去了國君的喜愛。他被遣送回伊河岸上，在桑樹林附近開墾荒地，過著自給自足的日子。

他不知道，在另一個預言中，他被選定為一個王朝的終結者。

在伊河岸邊，站著一個頭戴羽飾的中年人，他良久地望著東方剛剛升起的太陽，強烈的光線刺痛他的眼睛，但溫暖也流遍他的周身。恍惚之間，西邊的天空似乎也有一顆太陽，但黯淡無光，像一個垂死的老人，使著最後的一點力氣在試圖支撐著朽壞的身體。

這時，河水中緩緩冒出一個人來，身上不帶一顆水滴。

在他的身體完全離開水面時，他從腰部開始變成魚身，鱗片像琉璃一樣發出彩色耀眼的光。他的魚尾略微捲起著，穩穩地停在河面上。

「河伯君，久違了。」頭戴羽飾的中年人問候道。

「費昌首領，你來到這裡，是為了看日出還是日落？」河伯反問。

費昌是伯益的玄孫，伯益曾是大禹的左膀右臂，現在，費昌管理著夏朝邊遠地域的幾個部落，他來找河伯占卜國運。

「那東方升起的太陽就是商湯，那西方墜落的太陽就是夏桀，而那個正躬身耕作的小個子農夫，就是讓夏桀滅亡的人。」

費昌順著河伯示意的方嚮往去，桑樹林前的田裡，確實有一個小個子農夫，他正專心致志地埋頭苦幹，好像除了工作，外面的世界跟他沒有半點關係。

其時，中原大地上，強大的帝國商的國君湯正為一件事一籌莫展，他要順應天意消滅另一個國家夏。夏的國君桀殘暴而荒淫，百姓怨聲載道。商湯為此夜不能寐，性情開始變得暴躁不安。他不知道，夏桀已經開始替他解決這個令他頭痛的問題了。

有莘國盛產美麗的女子，十六歲的公主妹喜貌美如花，被夏桀選定做妃子。出嫁前夕，有莘國國君突然想到了伊尹：

「伊尹醜陋、忠誠、聰明，這樣的人待在公主身旁，既不會惹來非議，又可以在公主有事時，為公主出謀劃策。」

這樣，伊尹被不可知的命運拋到了夏桀的身旁。

夏桀雖然殘暴、荒淫，但有雄才大略，「如果改邪歸正，夏絕對可以雄霸天下，百姓也可安居樂業。」伊尹經過觀察，得出了上面的結論。於是，他晝夜思考，想好了一套整治夏國的辦法。一天，他鼓足勇氣請求夏桀辭退身旁的美女，然後斗膽向夏桀諫言，夏桀聽完後沉默良久。不過，午膳剛過，妹喜匆忙跑來，告訴伊尹趕快逃跑，說夏桀的衛兵正往這邊趕來，要取他的首級。

這一瞬間，伊尹又被不可知的命運拋到了商湯的身旁。

伊尹沒有跑向有莘國，那樣弱小的國家保護不了他。

他跑到了強大的商，直接拜在愁眉不展的國君湯的面前。

商湯對伊尹早有耳聞，深談之後立即拜伊尹為丞相。但伊尹雖知夏桀的軟肋，但對夏的兵力強弱和部署毫無了解，他要求返回夏國做臥底，待取得一切必要的情報後，重返商國策劃滅夏大計。

接著，商湯對伊尹極不信任的謠言傳播開來，很快也傳到了夏桀的耳中。夏桀聽了，禁不住地冷笑。過了幾天，又傳來商湯和伊尹不和的消息，緊接著是商湯要把伊尹驅逐出境的消息。很快，又有消息傳來，伊尹竟然不自量力地圖謀造反。

一天，伊尹蓬頭垢面、狼狽不堪地跪在了夏桀的面前，後背上刺著一支利箭，箭頭沒入肌肉一寸，周圍鮮血像花朵一樣盛開，箭柄上陰刻著大篆「商」字，字形硬朗、清晰，鑲嵌的金粉閃閃發光。夏桀哈哈大笑，嘲弄地看著腳下的伊尹，盤算著怎麼處理這個失魂落魄的小個子。

這時，妹喜搭腔道：

「夏王，看在我的面子上，讓他做我的廚子吧，我好久沒有吃到家鄉的飯菜了。」

夏桀考慮片刻，點頭答應。

從此，伊尹默默無聞，不拋頭露面，也不言不語。夏桀在群臣的恭維和美女的陪伴下，時間像箭一樣快速地飛過了三年。

春天的一天，在花香四溢的花園裡，夏桀遲遲等不來心愛的妹喜，他差人去找，去找的人還沒有回來，有兵士跑來稟報，說妹喜和伊尹在一隊衛兵的保護下，穿過邊境到達了商國。保護妹喜和伊尹的衛兵無比強悍，夏國境內沿路的軍隊無法阻擋。邊境那邊，正舉行隆重的儀式迎接妹喜和伊開，響亮的禮炮聲傳得很遠。

夏集立刻感到自己的末日即將到來。

激烈的戰爭進行了半年之久，夏朝被商朝從中原大地上抹去，夏架也以一個暴君的形象留在歷史的長河之中。

伊尹完成了自己的使命，繼續輔助商湯治理國家，一直到一百歲後壽終正寢，他的人生和功績被後世長久頌揚。

與神擦肩而過

捉迷藏

有時候人的願望非常容易實現。尤其在遠古時代，人和神靈經常擦肩而過，人心裡的願望被神靈聽到，神靈或許就會幫助人們實現。不過，有些願望的實現，會給親人帶來無盡的痛苦。

在南方蠻荒之地，有一座山怪石嶙峋，泉水從石頭中間流過，像一根根細嫩、白皙的女子的手指。山裡花香襲人，山鳥鳴叫，山下溪濱村的女孩子們，常常結伴而來，在山水間盡情地玩鬧，笑聲就像泉水一樣乾淨、清澈。

村裡一戶人家有九個女子，個個美麗大方，最小的女子最受姐姐們寵愛，姐姐們喚她「九妹」。平日裡，姐姐們都想盡辦法逗九妹開心，九妹也像愛自己的眼睛一樣愛著姐姐們。

這天，九姐妹結伴上山，姐姐們有的採蘑菇，有的採草藥，有的把折斷的柳枝捆好準備背下山去編織器具，有的攀到樹上去摘能吃的果子，只有九妹跑來跑去，一會兒幫幫這個姐姐，一會兒又幫幫那個姐姐。一陣忙碌後，姐姐們忙活完了，坐下來休息。這時候，九妹提議大家捉迷藏玩。

「好呀，誰來藏呢？」大姐問。

大家七嘴八舌地回答，莫衷一是。

「別吵了，讓九妹說吧。」大姐讓大家安靜下來。

「好吧，我來說。」九妹看看這個姐姐，再望望那個姐姐，「這樣吧，妳們都藏起來，我一個人找妳們。不過，我只要找到一個姐姐，就算我贏了。」

姐姐們沒有意見，一致表示同意。

九妹用手矇住了自己的眼睛，等待著姐姐們藏好。

姐姐們沒有四散開來，而是相跟著走到一處僻靜地方。這時，八個姐姐中最小的那一個，低聲說道：

「姐姐們，如果我們藏進石頭裡面去，九妹就找不到了。」

「可是，怎麼能藏進去呢？」第七個姐姐附和道。

「除非神靈幫助。」第六個姐姐說。

「如果真藏進去了，我們還能出來嗎？」第五個姐姐有些動心。

「別扯這些沒用的，我們逗九妹開心就是了。」第四個姐姐反駁道。

「石頭裡有什麼呢？」第三個姐姐好奇地盯著眼前的一塊大石頭，石頭高過她們的頭頂。

「那就進去看看吧！」第二個姐姐開起了玩笑。

第三個姐姐的話引起了大家更大的興趣，大家把目光聚焦在大姐身上。大姐望望眼前的石頭，又望望周圍能夠看到的嶙峋的怪石，不禁點點頭。

「那大家一起祈禱吧，把自己的願望在心裡念出來。」第三個姐姐非常認真地說。

「莫非還真能進去？」第二個姐姐疑惑著，但看見姐妹們都虔誠地閉上了眼睛，她也趕緊學著她們的樣子，心裡念叨著：「路過的神靈，請把石頭打開，讓我看看石頭裡面裝著什麼？」

這時候，一個衣袂微捲的神祇正從天空飄過，她聽到了這八個女子心裡的話，便在空中懸浮了片刻，對著滿山的石頭說道：

「石頭，就讓這八個美麗的女子實現她們的願望吧。」

八個女子睜開眼睛時，首先看到眼前那塊石頭裂開了一道縫隙，裡面似有光線射出來。第三個姐姐激動地上前一步，伸手一推，裂縫像一道門一樣向裡面打開，她走了進去。其餘的姐妹們看到這樣奇異的情景，紛紛向四處張望，只見遠遠近近只要能看見的石頭都裂開了縫隙，裡面誘人的光線的顏色各不相同。姐妹們立刻四散開來，各自奔向吸引自己的那塊石頭。

「藏好了嗎？」

九妹等了很久不見響動，鬆開了手，喊道。但是，沒有回應。她轉過身體，看到視野之內沒有一個姐姐的身影，而且山裡似乎比以往寂靜，鳥兒也不知道飛去了哪裡，連一絲風也沒有，只有泉水單調的流動聲。

她突然感到有些害怕，急忙奔跑著四處找尋姐姐們，一邊喊叫著：

「姐姐，姐姐……」

此刻，她不知道，她的姐姐們走進一塊塊石頭後，那一道道裂縫就閉合了，而且永遠地閉合了。

獨角獸或皋陶的神羊

在遠古時代繁華的街市上，乾硬的黃土地面因為先民們的踩踏而閃著黃金的光芒，即使風從北向南呼嘯而過，也吹不起一絲灰塵。街市上，先民們扛著鋤頭、背負籮筐，邁著穩健的步伐走向城池外的田野。那裡，綠色的莊稼在茂盛地生長。

這時候，皋陶出現在街道上，他身材高大、寬闊，像一塊結實的門板在移動。他的身後跟著一隻奇怪的動物，樣子像是山羊，卻有著野牛一樣壯碩的身軀。更奇怪的是，這動物只有一隻渾圓而尖銳的角，挺在腦門中央，看上去無堅不摧。牠離開皋陶一步遠，眼皮緊閉著，像是裡面包裹著火焰，生怕一旦張開，噴出來的火就會燒毀所觸之物。

人們紛紛讓出一條道來，讓皋陶和他的神羊走過。突然，一個人驚慌地扔下鋤頭，瘋了一般向城外狂奔而去。

「那是一個賊！」

人們叫嚷著，把目光投向皋陶。

原來，跟在皋陶後面的神羊，也叫獨角獸。牠有一種神奇的本領，能夠辨別出善惡，從人群中找到那個犯了罪的人，用牠的獨角去牴觸那個人。因此，牠從街道上走過時，那個扔下鋤頭逃跑的人，人們斷定他是一個罪犯。

皋陶示意大家安靜下來，然後指指神羊的背。這時候，大家才發現，神羊的背上馱著成捆的樺樹皮，樹皮垂在神羊肚子的兩側，讓神羊顯得有些臃腫。

「這是我起草好的《獄典》，刻在了樹皮上，大禹王正等著看呢！」

在城池的東北角上，一座被高牆圍起來的建築正在緊張的施工中，那是中國的第一座監獄。皐陶望一眼建築物上空騰起的塵土，向街市上的人們揮揮手，然後繼續朝前走去。

前方不遠處的一個院子裡，一棵高大的楊樹下，大禹站在那裡，正等著他的到來。

馬脛國

那時人們還沒有把馬馴服。傳遞消息和運送物品，都要由人步行來完成，所以，奔跑對人們來說非常重要。一個孩子，從小就開始練習奔跑。一個奔跑速度極快的人，會贏得極大的尊敬、榮譽和嘉獎。

不知從什麼時候開始，江湖上盛傳有一個丁令國，這個國家的人都長著兩條馬腿。具體來說，就是從膝蓋以上，與所有人無異，從膝蓋以下，變成馬腿和馬蹄。不論男女，都是這個樣子。他們奔跑的速度極快，像風一樣，如果想要更快，他們就從腰間取下鞭子來，抽打自己的腿或者蹄子。

有一次，一個在繁華鬧市居住的老人，生命垂危，醫生開的藥方裡有一劑藥，當地沒有，需要去千里之外寒冷的北地採集。一個陌生的年輕人，向醫生問清藥的樣子後，發足奔出，像箭一樣。第二天，年輕人把草藥遞在了醫生的手裡。當醫生煎好藥，正準備向年輕人致謝時，年輕人已不知去向。醫生找遍整座城市，也不見年輕人的影子。

大家一致認為，這個年輕人肯定來自丁令國。

據說，類似的事情又發生過幾次，這讓更多的人相信，一定存在著一個丁令國，而且，長著馬腿和馬蹄的人，很可能就行走在自己身旁。

據說，丁令國又叫馬脛國，這個名字更形象、更合適他們。

神的花園裡的蟲子

一隻在女神西王母的花園裡待膩的蟲子，終於鼓足勇氣跳到了人間。牠落在一個年輕鐵匠裸露的汗津津的手臂上，在鐵匠沒有任何感覺的情況下，蟲子順利地進入了鐵匠的肌肉中。

鐵匠手臂上的變化從第二天開始。

清晨，一個來取鐮刀的農夫用手指試了試刀刃後，抬起頭正準備誇獎和感謝鐵匠，看見鐵匠粗壯的手臂上有一朵藍色的小花，像一塊石子扔進平靜的水中，水面上翻捲著的四向散開的小圓圈，花瓣被清晰地裹在皮膚下。他好奇地問：

「你看你的手臂上，怎麼開了一朵花？」

鐵匠扭頭，抬起另外一隻大手一抹。

「落上去的吧。」

但鐵匠連續抹了三次，藍花還在手臂上。

「咦，奇怪了。」

陸陸續續來了幾個急著要農具的人，鐵匠立刻忙碌起來。

晚上睡覺前，鐵匠察看自己的手臂，藍花沒有什麼變化。但第二天醒來後，他的手臂讓他再也沒有心思待在鐵匠鋪裡。

藍花變成了一張人臉，一張稚嫩、頑皮的娃娃臉！

他第一眼看到時，有些驚慌失措，但很快就鎮靜下來。

這張臉太可愛太生動了，雖然小得像一個小酒盅，但五官清晰，笑咪咪的表情有些誇張，讓鐵匠看著忍俊不禁。鐵匠試著和這張臉說話，臉上豌豆一樣大的嘴只翻翻唇，算是回應，眼神表明：它明白鐵匠話語的意思。鐵匠有些如獲至寶的感覺，他換上了乾淨寬鬆的長衫，把手臂上的臉遮蓋住，免得戶外強烈的陽光刺傷它。

鐵匠單身，他把鐵匠鋪的門關上，很快找到城裡最著名的巫醫。巫醫察看了他的手臂，用一種有毒性的草藥汁滴在那娃娃臉的嘴部，它竟然像遇到蜜汁一樣貪婪地吸食進去。巫醫搖搖頭，說這張臉沒有毒性，應該對人無礙。

「既然無礙，就不管它了。」

鐵匠徹底放了心，回到鐵匠鋪繼續工作。

再說女神西王母。一天，她聽到從人間傳上來一聲聲的哭泣，便閉上眼睛凝神細聽，她聽出是一個孤兒在求救。她睜開眼睛想了想，立即走出屋子，走到花園裡。

「應聲蟲。」她喊道，但花園裡靜悄悄地沒有回應的聲音。

「園丁呢？」她又喊。

一個老者顫巍巍地出現在她面前，像剛睡醒的樣子，揉著眼睛望著西王母。西王母看看老者的身後，那裡有一大朵花，花瓣不規則地翻捲著，「你能把被子疊整齊點嗎？」西王母忍不住說。老者尷尬地笑笑，趕緊轉身把花瓣弄平了。

「那隻應聲蟲呢？」西王母問。

「牠……」老者吞吞吐吐地回答，「牠……不見了。」

「唉，連隻蟲子也管不住。」西王母嘆口氣。

「那，那也算是您的寵物之一，我……我也不好管教。」

老者申辯著。

老者一個「您」字，把西王母說得滿臉通紅。西王母雖然貴為女神，但她在這個老園丁面前，從年齡上說就是一個小女孩。況且，老園丁沒有說錯，她閒暇時，最喜歡到處搜尋各種奇異的小昆蟲，應聲蟲就是她喜歡的蟲子之一。

西王母啞口無言，揮揮手示意老園丁離開。

應聲蟲給年輕的鐵匠帶來了快樂，也帶來了更多的活計，因為他手臂上的蟲子會說話了！

那天晚上，鐵匠做完了工作，草草吃過晚飯，把手臂小心翼翼地擦洗乾淨，這是他每晚必做的功課，然後吹滅了燈。

他還有個習慣，就是每晚睡覺前，都要在黑暗中想一會兒心事。這時，窗外月光皎潔，微風吹動院子裡的柳枝，柳葉發出的聲音像竊竊私語，他禁不住吟詠道：

生年不滿百，常懷千歲憂。
晝短苦夜長，何不秉燭游！
為樂當及時，何能待來茲。

他吟到這裡，停了下來，聲音似被什麼東西擋住了。

不過，很快，黑暗中響起了另外一種聲音，雖然細若游絲，但清晰可辨。

愚者愛惜費，但為後世嗤。
仙人王子喬，難可與等期。

「誰呢？」鐵匠驚呼道，同時把剛熄滅的燈趕快點著了。但，屋子裡沒有別人，只有他一個人和他投在牆壁上的變了形的影子。

「是我，在你手臂上呢！」

鐵匠立刻就看見了自己手臂上那張娃娃臉，它的小嘴唇翻動著，繼續說道：

「我也憋屈好長時間了，剛才聽到你的自言自語，才知道你雖為鐵匠，卻有一顆成仙的心，所以禁不住開口說話。因為……」

「因為什麼？」

「因為我是一隻神的花園裡的蟲子。」應聲蟲平靜地回答。

鐵匠被允許在前來打製農具的農夫們面前炫耀他的蟲子，條件是不說出蟲子的來處。於是，方圓上百里的農夫們都來到他的鋪子，不僅僅是為了打一件農具，更是為了親眼看看鐵匠手臂上的娃娃臉，聽聽這張娃娃臉講述一些稀奇古怪的事情。

這天，熱鬧的鐵匠鋪來了一位郎中。郎中說，他騎的馬的馬掌磨爛了，需要換一個新的。鐵匠點著頭，忙裡偷閒地回說讓他「等等」。這位郎中，眉目清秀，身體柔弱，看上去怎麼也不像是走南闖北的樣子。但奇怪的是，自從他安安靜靜地坐在院子裡，鐵匠手臂上的娃娃臉就閉上了嘴巴，滿鋪子的農夫頓時覺得索然無味、悶悶不樂。

一直到黃昏時分，鐵匠鋪才清閒下來，鐵匠才想起來還有一個郎中等著打製馬掌。但是，院子裡已經不見了郎中。

望著清清冷冷的院子，他突然有些莫名其妙的傷感。

晚上，他小心翼翼地清洗手臂，吃驚地發現那張娃娃臉不見了。他湊近燈盞看來看去，兩條手臂光溜溜的，除了一根根細小的汗毛，什麼都沒有。他掌燈出了屋子，一邊護著燈，一邊盡可能地放快腳步。他用燈光照著鐵匠鋪的角角落落，像找一根不慎丟失的針，身體幾乎趴著，鼻子要碰到地面。

最後，他茫然失措地站了起來，燈盞在他的手裡熄滅。不過，月亮升了起來，把院子照得像白晝一樣，卻又比白晝安謐和潔淨。他突然發現，柳樹下的石頭桌子上有一片白色，是一張手絹。他走過去，拾起來，上面有一行字：

仙人王子喬，可與等期。

幾天後，鐵匠鋪恢復了原來的樣子，鐵匠的工作做得比以前更細緻和用心，性情也變得安靜和沉著，看上去完全不像一個鐵匠，倒像是一個書生。又過了幾天，他聽到農夫們告訴他，原來在他手臂上的那張娃娃臉又出現了，現在在一個剛剛失去雙親的孤兒的手臂上，那個孤苦的孩子竟然利用那張娃娃臉謀生，過上了衣食無憂的日子，而且有積蓄可以走進學堂了。鐵匠聽了，高興地點著頭，手裡的工作做得更賣力了。

西王母的一夜

壹

西王母喜歡夜間出行，享受清涼的夜風和安謐的氣氛，也能夠仔細地察看花草的變化。西王母愛花，尤其喜歡那些沒有藥用價值的、不能夠食用的，也就是只供觀賞的花。天上的花神女夷，雖名之為花神，但掌管著大地上萬物的生長和收穫狀況，除了偶爾關心一下可以解除人們疾病的花草外，根本無暇顧及那些大口大口地吐放香氣的、大片大片地盛開的鮮豔花朵。它們無端地被牛羊踐踏，或者在田野上自生自滅，得不到應有的讚美和呵護。西王母一直惦記著，想找到一種花，把它修煉成小仙，推薦給女夷來管理這一類花。

這天夜晚，在皎潔的月光下，西王母緩緩飄在半空中，她飄過一片樹林時，聽到了樹枝間傳來的竊竊私語。

「我們留在世上的時間太短了。」

「是啊，但又有什麼辦法呢？我們的壽命被花神掌握著。」

西王母停在空中，往下面望望，樹枝太密集，看不清是誰在私語。她的身體垂直下滑，衣裙被空氣托起來微微上捲，她就像一朵盛開的花，輕輕地落在地面上。

「是誰在說話？」她面朝著樹林，問道。

樹林裡非常安靜，好像這裡的生命疲倦極了，都浸在沉沉的睡夢中。

西王母耐心地等了一會兒。

「是我們。」聲音再度響起來。

西王母立刻看見近處一株低矮的樹木，樹枝上有幾朵閉合著的花，聲音就是它們發出來的。她移近樹木，對著花朵問道：

「你們是什麼樹木？」

「人木。」

西王母想想，她都沒有聽說過這種樹木。

「怎麼叫人木呢？」

「清晨太陽升起來時，我們就開始開放了，不過，在開放的過程中，我們的花瓣會慢慢地向人的臉轉化，當花瓣完全伸展開時，我們的花就變成一張完整的人臉。我們的臉鮮豔、嬌嫩、美麗，會吸引每一個路過的人，他們會駐足欣賞，有些會野蠻地探過手想要摘取。這時候，只有笑聲能夠保護我們，也可以說是只有死亡可以保護我們，因為伴隨著清脆的笑聲，我們的臉就會像深秋的花瓣遇到了冷風，頃刻間枯萎、掉落。不過，即使沒有人來摘取我們，我們的壽命也只有一天，我們要趕在夜晚來臨前，盡情地吐出所有的香氣，在笑聲中結束一生。」

「太悲慘了。」西王母禁不住嘆道。

「妳是誰？妳為什麼嘆息呢？」

就像一個人一直閉著眼睛在說話，這些花朵說出上面的話時，花瓣也一動不動。

「我是誰不重要，我聽到了你們的話才是重要的。」

西王母不願意說出自己的名號，她雖然想讓它們來做花仙，但要延長它們的壽命，卻是做不到的，這是物之本性，神也無能為力。

西王母沉默了一會兒，心念動著，花朵當然不易覺察。

「好了，從此以後，沒有人的手能夠觸碰到你們純潔的花瓣，如果有手伸到離你們一寸遠的地方，那隻手立刻會遭到雷電般的擊打。」

西王母不知道那黑暗中的花瓣聽明白了沒有，她起身離開地面，這時候月亮更亮了，西王母緩緩地在夜空中飄動，就像一團柔和的光在飄動。

貳

西王母再次落在地面，已經是午夜時分。她是被草叢中一陣奇怪的聲音吸引而來的，這聲音既像是身體摩擦草叢發出，又像是四肢著地擊打地面，更奇怪的是隱隱約約還有人爭吵的聲音。「這是什麼動物呢？」她想看個究竟。

這次，西王母出行只帶了一個隨從橐巴。橐巴是一種單足鳥，長著一張人臉，牠有兩張寬大的翅膀，可以讓西王母坐在上面像坐在一把椅子上。牠不懼雷神，驚雷和閃電都奈何不了牠。因為是夏天，西王母預測到有雷雨天氣，所以帶著橐巴出行。此時，橐巴也遠遠地降臨下來，翅膀收攏時羽毛的邊沿閃著光，像是兩塊寬大的刀片收了起來。

西王母站在了一片橘子林邊，不過，就在她落地的一瞬間，所有的聲音都消失了。

「應該是有靈性的動物，知道我來了。」

西王母的目光在草叢中稍一搜尋，一條三尺長的蛇就從黑暗中爬了出來。這條蛇很特別，長長的身體用四條腿支撐著，只有尾部拖在地上，牠挪移到西王母面前時，身體直立起來，兩條後腿和尾巴穩穩地托著身體。月光下，西王母看見一張笑盈盈的臉，像一個害羞的美貌女子。

「你是？」

「我是……一條蛇。」

「是嗎？」西王母也笑盈盈地問，這時，月光變得柔和了一些，她臉上的光澤也跟著變得不那麼刺眼。

她回頭看一眼橐巴，橐巴一個跳躍落在了一旁。橐巴說：

「是的，西王母，牠確實是一條蛇。不過，牠那張臉常常能轉移人們的注意力，也常常能在一瞬間把人毒倒在地。」

「是嗎？」西王母轉向那條蛇，問道。

那條蛇從西王母的口氣中意識到自己面臨的處境，把頭垂了下來，像一個犯了錯的孩子等待家長的處罰。

西王母遲疑著。

這時，從樹林裡傳來一個老者的聲音，聽出來是剛才爭吵聲中的一個。

「請西王母手下留情。」

西王母望向一棵橘子樹，那棵樹上有一顆像西瓜一樣大的橘子，樹枝因為不堪重負彎了下來，橘子正好懸掛在樹腰部位，西王母的眼睛就盯著這顆橘子。

「出來吧，二位隱士。」

「不敢，不敢，我們還是待在裡面吧。」聲音換了一個，好像是為了印證西王母的話。

「那就不客氣了。」西王母說著，用眼神示意一下橐巴。

橐巴輕輕一躍，身體靠近橘子樹，同時左側的翅膀趁勢展開，用刀鋒一樣的邊沿朝著那顆橘子一劃。橘子分為兩瓣，裡面果然坐著兩個老者，倆人面對面，中間隔著一張桌子，上面擺著一盤未下完的棋。

兩位老者鶴髮童顏，急忙從橘子中跳了出來。四隻腳尖一挨地面，身體立刻恢復到正常狀態，待站穩了，同時拱著雙手恭敬地說：

「眼前月光般的女子，應該是女神西王母吧。」

西王母點點頭，也恭敬地說：

「兩位應該是伯夷和叔齊吧，你們可真會享福，躲到一顆橘子裡下棋，世間誰還能夠找到你們？」

「不過，橘子熟了，人們就會來摘，我們就不得不趕緊離開，再找一個棲身之所。好在有這條蛇待在附近，所以到現在也沒有人敢靠近橘園，我們也托這條蛇的福，能在橘子裡多待一陣子。」

「所以，你們為這條蛇求情？」

伯夷和叔齊點頭。

「好吧，我點化點化牠吧。」

西王母答應下來。這時候，那條蛇抬起頭，感激地望著西王母。西王母把手放在牠的頭上，輕輕撫摸了三下。

西王母準備離開時，兩位老者沒有回到橘子中。

「即使有保護者，橘子熟了終歸會落的，所謂瓜熟蒂落，所以我們遲早會離開這顆橘子另謀隱居之地的。這就不勞西王母費心了。」兩位老者說。

遠古的月光下，西王母飄移在空中，橐巴遠遠跟在後面。大地上，一條發白的山路上，不急不緩地走著兩位老者，他們輕聲爭論著剛才那盤沒有下完的棋。

畜牧神之死

開闊、洶湧的易水由北向南緩緩流淌，水中魚蝦成群，兩岸水草肥美。有兩個部落隔河相望，東岸是有易，西岸是河伯。兩個部落都以畜牧為生，雞犬之聲相聞，和睦相處，友誼的小船在河面上來來往往。

這裡祥和的氣氛傳遞到天上，司管人間畜牧的神祇心念一動，這一動竟給一向安居樂業的有易部落帶來了滅頂的災難。

這天，上百頭牛湧進了有易境內，牠們來自強大的殷商，每頭牛都身軀龐大，毛髮茂密而粗硬，牛角像剛出鞘的匕首一樣，在陽光下閃閃發亮。趕牛的是殷商國的國君王亥，他像他的牛群一樣壯碩，跟在後面的是他的弟弟王恆，看上去比哥哥要精明幾分。兄弟倆的到來，立刻受到了有易部落首領綿臣的隆重歡迎，綿臣吩咐手下讓出青草最為翠綠的牧場，讓來訪的牛群飽餐和休憩。同時，豐盛的酒宴和歌舞也在緊張忙碌的準備中。

在糧倉一樣圓形的會客室裡，綿臣恭敬地說道：

「歡迎尊貴的客人到來，但我不知道該怎樣稱呼您，您既是司管人間畜牧的神祇，又是偉大的殷商國的國君。」

「就叫我王亥吧，這樣親切些。」王亥回答道，一邊介紹一旁的弟弟，「他是我的弟弟王恆，殷商國內的事務都由他來管理，我待在天上的時間要多一些。」

「那這次來……」綿臣小心翼翼地探問。

「這次來只有一個目的，就是把這群良種牛送給你們。」

「那太感謝您了！」綿臣喜出望外，禁不住離開座椅，拜倒在冰冷的石板地上。

「快起來，快起來。」王亥說著，一旁的王恆趕緊過去把綿臣扶了起來。

酒宴開始，有易部落的其他首領悉數都來了，他們表達著由衷的敬仰和讚美，把一杯一杯美酒勸進了王亥的嘴裡。酒過三巡，王亥已有了醉意。這時，綿臣拍手，宣布歡迎貴客的歌舞開始。

一列河柳一樣的女子緩步出現，她們模擬著樹木在風中的各種形態，有時微風，有時狂風，有時風平如鏡。在這群女子中間，那位始終居於中心的女子，卻任憑風把河柳們吹出百樣風姿，她兀自舞蹈著，像置身於風塵之外。

她的身段和舞姿讓王亥沉醉。

舞蹈結束，王亥站起來，表示也要用舞蹈回敬好客的綿臣，不過，他請求剛才的那位舞者陪舞。

請求得到允許。王亥站在女子的對面，輕聲說道：

「我們來表演一段舞蹈，它模擬的情形，百年後將發生在易水之濱。那時，一個年輕的刺客，要去刺殺一位偉大的君王，這位年輕的刺客和送他上路的人，都知道這是一場注定失敗的行動。其時，正值冬季，寒風吹過結冰的易水河面，年輕的刺客正在作別給他生命的家鄉。」王亥停頓片刻，像是要讓對方體會其中的悲涼，「我來飾演那個年輕的刺客，妳來飾演那位在岸上站著送別的人。他也是一位君王，他受到那位偉大君王的侮辱，因此他要派出刺客，為了尊嚴而復仇。」

女子遮著面紗，王亥看不清她的容貌，卻看到了她的面紗抖動了一下。他知道，她已經領會了舞蹈的主旨。舞蹈在淒婉和悲壯的塤的伴奏下進行。吹塤的是王亥的弟弟王恆，舞蹈結束時，大廳裡肅穆無聲，大家彷彿被百年後易水上的瀟瀟寒風所吹拂，被壯士生死離別的情懷所打動。有易部落的首領綿臣面含凝霜。

但是，賓主之間和諧的關係被王亥破壞，王亥也因此給自己帶來了殺身之禍。

原來，白天那個配合王亥跳舞的女子，是綿臣的妃子。

王亥和這個妃子因舞蹈而生情，晚上竟然同居一屋。綿臣得到了消息，夜半時分，有易部落的兵士手持兵刃包圍了王亥的住所，不過，王亥身懷神力，兵士們雖手持長戟卻不能碰到王亥的身體。這時，一個個頭低矮的牧童，在混亂中從地面滾到了王亥的身後，他用一把鐮刀鉤到了王亥的脖頸，王亥立刻無聲地向後倒去，像被收割的一株莊稼。當綿臣帶來兵士來到王恆的住所時，王恆已經逃之夭夭。

早上，綿臣吩咐手下為牧場上的牛群建築牛欄，同時安排隆重的祭祀。在雕刻著祥龍的青銅大鼎前，綿臣透過繚繞升騰的香煙，向上天稟報了畜牧神王亥的不良行為，並為自己的殺戮行為進行了申辯。但是，綿臣在久久的等待中，沒有得到來自上天的任何訊息，這讓他的內心從此蒙上了不安的陰影。

王亥被殺，殷商推舉王恆的兒子上甲微為國君。上甲微年輕氣盛，立即帶著大隊兵士前往易水，要報殺叔之仇。上甲微非等閒之輩，他在聲討綿臣之前，已經在暗中威逼利誘，迫使易水東岸的河伯助自己一臂之力。但河伯與綿臣一向友好，提前把上甲微討伐有易部落的消息告訴了綿臣。綿臣自知不是殷商的對手，在殷商的隊伍殺入有易部落之前，悄悄逃亡到易水河畔的狼牙山深處，隱姓埋名做起了獵人。這樣，他可以經常矗立在山巔，眼含熱淚地眺望山下已經變成一片廢墟的故里。

易水之畔發生的悲劇，被掌管五刑的女神西王母看在眼裡，她懲罰畜牧神不得再以肉身在大地上出現，並且祕示殷商史官醜化王亥的形象：他雙手緊抓著雞身，在雞的驚恐尖叫聲中，把雞頭塞進自己的嘴裡。他已經走出很遠，雞的尖叫聲還隔著他的肚皮傳出來。

神的使者

世界上有一些非常幸運的人，會在不知不覺中被神選中，賦予他神奇的能力，並派遣他去完成一個使命。

距離瀛洲最近的海域上，縹緲的海波中出沒著許多漁夫，其中有一個孤寡的老者，漁夫們稱他為「老魚」。老魚捕魚不像別的漁夫，要載滿了船，然後趁早運到集市上去賣，老魚每天只捕兩三條，夠一天食用即可。

這天，太陽升高時，海面上只留下了老魚的這條小船。

老魚躺在船艙裡，讓小船在海面上自由飄蕩，船尾的水池裡游著兩條魚，不時把水面劃拉出水聲，這時，老魚就像在夢中被驚醒，扭動一下身體，換個更加舒適的姿勢再次進入夢鄉。

從瀛洲來的神仙就在這個時刻出現，神仙的身體在小船的上方停下來，陽光把祂淡淡的影子投在老魚的身上，就像一根柔軟的鞭子輕輕落上去。老魚醒來睜開了眼睛，快速翻身坐在船艙中央。

「懶惰的漁夫，為什麼在上午沉睡？」神仙問。

「無事可做。」老魚懶懶地回答，抬起頭好奇地打量著懸在空中的神仙。

「那我給你一件差事吧！」神仙說，「大禹在黃河流域的龍門山疏導洪水，你可代我去助他一臂之力。」

老魚聽了，「騰」地立起了身體。

「大地上都在傳頌大禹的事蹟，可我一個老朽能幫他什麼忙呢？」

「我說過讓你代我去，我自然會賦予你神奇的能力。現在，你已經不是原來的你了。」

神仙說完，身體在一瞬間消失。就像一股水流被石塊擋著，這時石塊突然被搬開，一直被神仙的身體擋著的陽光傾瀉而下，老魚在陽光的衝擊下向後打了一個趔趄。

一個月後，老魚出現在大禹的面前。

「我是一個漁夫，對魚有特殊的了解，也有特殊的本領可以幫助你。」老魚直截了當地說。

大禹見是一個老頭，就盡量克制著情緒說：

「老人家，這裡洪水洶湧，不像你在風平浪靜的海上捕魚，你還是回去吧，我需要有智慧的人和有力氣的人。」

「我雖然沒有力氣，卻有智慧。」老魚固執地說。

這時，大禹身旁一個年輕人走上前來，對老魚不耐煩地說：

「老人家，你就不要添亂了，像你這樣自薦有本領的人，每天都有十幾個找上門來。回去吧，到隔壁的帳篷裡領上盤纏，趕快離開吧！」

「年輕人，不要小覷我頭上的白髮。這樣吧，你也別急著打發我離開，眼看著中午時分到了，我到黃河邊打撈幾條大鯉魚，給大禹先生熬一鍋魚湯，也算我不虛此行。」

年輕人變了臉色，要訓斥老魚的樣子。一旁，大禹開口了：

「就讓老人家做上一頓吧。」

中午，大禹邀請剛剛從龍門山下來的伯益一起吃飯，另外還有兒子夏和其他工匠。熬魚的銅鍋有磨盤那麼大，十幾個人圍在一起，每人手捧著一個大碗，把魚和湯一起撈進去邊吃邊喝。飢餓讓魚湯更香，大家都不出聲，只有吸食和咀嚼的聲音。

突然，夏驚叫道：

「父親，看，那條魚怎麼還活著？」

大禹、伯益和其他工匠們的頭都埋在碗裡，這時，一起抬了起來望向鍋內。鍋內白色的魚湯翻滾著，冒出一股股熱氣，大家果然看見一條魚，渾身的鱗片閃著光，在翻滾的魚湯裡游來游去，就像是在一池平靜的湖水中。

「這不算神奇，只是雕蟲小技。」一直站在眾人身後的老魚，這時終於有機會開口了，「我是懷揣著特殊本領來投奔大禹先生的，請留下我吧。」

大禹點頭答應，吩咐先前那個年輕人把老魚帶走。老魚被帶到了一個帳篷裡，裡面有五六個人躺在木板上休息。

「他們也都是身懷絕技的人，從四面八方來投奔大禹的。」年輕人介紹道，「你先在這裡休息，一會兒有人送來飯菜。」

老魚環視了一圈，這五六個人的樣子看上去都和自己一樣普通。「都是被神選中的人，來幫助為民造福的大禹先生。」老魚心想。

三天後，老魚被領到伯益面前。伯益一臉憔悴，問：

「老伯，黃河的魚寧可撞死在石壁上都不過龍門，這樣的話，黃河過了龍門就沒有魚來養育兩岸的人，你有辦法嗎？」

「不瞞先生，有。」老魚痛快地回答道。「先生，天地之間，草木和魚蟲都有靈性，它們有自己的感覺和交流的語言。這些魚到了龍門面前，馬上就被驚濤駭浪嚇著了，牠們知道躍過龍門就會被撞得粉碎性骨折，怎麼願意去送死呢。好在我懂得如何和牠們交流，我會想辦法讓牠們鼓足勇氣躍過龍門的。」

伯益驚異地看著老魚，勉強點點頭。

夜深時，老魚悄悄披衣起身，他沿著白天已經探好的小路，穿過樹林翻過山崗，來到咆哮著的黃河岸邊。月光照得周圍影影綽綽，老魚坐在冰涼的石板上，像坐在自己的小船上，他朝著河面念叨著什麼，聲音完全被黃河的咆哮吞沒，但他不急不躁地念著，好像面對的是平靜的海面。

漸漸地，靠近他的河面安靜下來，形成一個扇面，扇面不斷地擴大，安靜的河面上冒出成群的魚頭來，牠們爭相往老魚身邊湧過來，像是急著想聽明白老魚在說什麼，聽到的便興奮地朝著兩邊游開，後面的魚群又湧過來。

黎明時，河面恢復了原來的樣子，波浪拍擊著河岸，像一個狂怒的人不懼疼痛把手掌拍過來。老魚站起身，離開岸邊，沿來時的小路返回。他走了一會兒後，轉過身來，等一直跟在後面的夏走近，說：

「一直跟了我一夜，讓你受凍了。」

「沒關係。」夏有些尷尬地回答，「老伯為了幫助父親治水，一整夜坐在冰涼的河岸上，讓晚輩感動和敬仰。」

老魚聽夏說得真誠，禁不住伸手拍拍夏的肩膀。

「我很想知道老伯對魚說了什麼？」夏見老魚友好的表示，便小心翼翼地問。

「我對魚說，誰勇敢地躍過了龍門，就會變成一條龍。」老魚平靜地回答，他迎著夏疑惑的目光，又補了一句：「你信嗎？」

夏想了想，回答道：

「信。」

天大亮了，大禹被一陣歡呼聲驚醒，他急忙起身，一推開門就見伯益從外面走進院子，伯益興沖沖地喊著說：

「大禹，大禹，真是壯觀啊！那麼多的鯉魚爭先恐後地跳過龍門，像著了魔一樣！」

這時，夏也從黃河邊上回來了，他跑向老魚住的帳篷，要把鯉魚跳龍門的消息告訴他。不過，他已經不會再見到老魚了。此刻，老魚完成了使命，正在暖暖的陽光下，走在返回他的小漁村的路上。

畢方鳥、羽民及黃帝的紅肩膀衛兵

黃帝選擇一片荒野安營紮寨，他帶領的彪悍的銅匠們很快把帳篷搭好，把冶煉青銅的爐子架了起來。原本荒涼的田野頓時有了生機，銅匠們忙碌地搬運柴火，要把爐子點起來，他們看到站在馬車旁的黃帝，臉上掛著焦急的神情。

黃帝的身旁，還站著火神畢方鳥。畢方鳥用一條筆直的腿支撐起身體來，藍色的羽毛上點綴著紅色的斑點，那光潔的只吞吐火焰的白色的喙緊閉著，兩隻寶石一樣幽暗的眼睛盯著前方。牠身體高過馬匹，像雕像一樣站立在那裡，讓氣氛變得特別凝重。

銅匠們安放好了柴火，目光齊齊地朝黃帝這邊望來。黃帝滿意地點點頭，一旁的畢方鳥感受到黃帝的指令，立刻向前邁開步伐。就像兩條腿交替著邁動，卻只能看到一條在邁動，另外一條隱藏在空氣中，畢方鳥就這樣邁動著一條腿走近了火爐。畢方鳥站定，張開嘴，噴出一條火線，立刻點燃了火爐下的柴火。然後，畢方鳥又像剛才一樣，邁著一條腿從容地回到黃帝身旁。

銅匠們有序地進入工作狀態。

「什麼時候才能製造出一個完整的鼎來呢？」黃帝輕聲問。

「為什麼這麼著急呢？」畢方鳥沒有回答黃帝的問題，卻反問道。畢方鳥說話時，每個詞都被「劈啪」聲間隔開來，好像胸腔裡藏著一場大火，木頭和竹子燃燒時發出的劈啪聲，只要張開嘴就會傳出來。

「我得到神諭，造好第一隻可以煮食生肉的銅鼎後，就會有條龍來接我離開大地。」黃帝說，聲音變得更低，像是不願意讓遠處的銅匠們聽見。

「但是，大地多麼需要你呀！」

「我老了，該讓年輕人來管理大地了。」黃帝說完，仰頭向天，好像對天上的生活充滿了渴望，臉上洋溢出了笑意。

夜晚降臨時，畢方鳥把火焰吞食，因為銅匠們無法把這樣的火熄滅。然後，畢方鳥返回臨時居所，那是離這裡有幾百步遠的三株樹的樹林裡。這時，三株樹上的珍珠葉子已經發出耀眼的光芒，微風吹動樹枝，珍珠葉子飄動著，整片樹林就像一片星空跌落下來，正好鋪在了這塊地面上。

黃帝回到自己的帳篷後，帳篷周圍就突然冒出來十六個衛兵，他們身高像常人，但面容猙獰、扭曲、窄小，裸露的肩膀像被硃砂染過，呈暗紅色。他們把臂膀連在一起，像一圈柵欄把帳篷圍在中間。

他們一動不動，睡著了一樣。隨著夜色漸濃，他們肩膀上的紅色，像光線一樣緩慢上升，最後形成一個紅色的光柱，矗立在那裡，保護著酣睡中的黃帝。

清晨的第一縷陽光出現時，這十六個衛兵像草葉上的露珠，很快就消失不見。

這邊造鼎的工作繼續進行，在離開現場幾十里外的羽民國裡，卻發生了另外的事件，事件的製造者是那十六個消失不見的紅肩膀衛兵。

紅肩膀衛兵半人半怪，他們在白天隱身，在夜晚現形。

夜晚唯一的任務，就是保護黃帝，他們以此為莫大的榮耀。

但到了白天，他們不甘心把大好時光全部用來睡眠，就開始到處搗亂。

羽民國很小，百姓都長著鳥頭，肩膀後面長著一雙短翅膀，這讓他們雖然可以飛起來，卻沒有力量飛高飛遠，這也使他們長存著安居樂業的心態。紅肩膀衛兵們遊蕩到這裡，突然生出惡作劇的想法。於是，他們隱著身，用力拔羽民們翅膀上的羽毛。羽民受到莫名其妙的攻擊，心生恐懼，卻又沒有力量反擊。一天下來，羽民在驚慌失措中，個個變得遍體鱗傷，羽民國的地上到處是凌亂的羽毛。

衛兵們隱藏著身子，幸災樂禍的尖叫聲在空氣中響起，和羽民們恐怖的哭喊聲連成一片，被黃昏的風吹送到了黃帝的耳朵裡。

晚上，紅肩膀衛兵準時出現在黃帝的帳篷周圍，但是，他們的肩膀上再也發不出紅色的光芒，不能像柱子一樣保護黃帝。畢方鳥把黃帝的旨意傳達給他們：「你們離開吧，黃帝不喜歡身邊有品行不端的人。」

衛兵們知道黃帝一言九鼎，便依依不捨地離開了。從此，他們整夜整夜地在大地上漫遊，作弄深夜還在趕路的人，作弄夜裡的行竊者，或者無聊地叫上幾聲，讓聽到的人夜不能寐。

銅匠們把冒著熱氣的銅汁，小心翼翼地倒入石質的模具中，但成型的銅鼎粗糙不堪，這讓充滿期待的黃帝又皺起了眉頭。中午時，來了三個風塵僕僕的人，他們是天下最好的雕刻家，要在銅鼎上雕刻文字和圖案。

三天後，黃帝離開。畢方鳥留了下來，牠還有另外一項使命，就是等到第一個精美的銅鼎鑄造出來後，第一時間把消息告訴黃帝。

猛士刑天

壹

西和縣地處西秦嶺南側，長江流域嘉陵江水系西漢水上游，這裡氣候溼潤，四季分明，植被肥厚，半夏和火紅的花椒樹漫山遍野。這裡風調雨順，人們過著豐衣足食的日子。

不過，常羊山下有一對夫婦，卻終日為不能生育而犯愁。一天，這家的女人在花椒園裡澆地，突然從柵欄外面走進來一個女子，待走近了，才看清這個女子蛇身人面。女人被嚇了一跳，手一鬆，盛滿了水的水瓢落在地上。

「不要驚慌，我是來告訴妳，妳不久就會懷孕了。」來者說，聲音像有鎮靜的作用，「妳將生下一個男孩，妳要答應我，要讓男孩和草木、鳥獸在一起，不要讓他參軍打仗。」

女人有些懵懂地點點頭。

男人挑著水進入花椒園時，女人還怔怔地站在那裡。

女人趕緊把剛才的一幕告訴了男人，男人搖頭表示不相信。「唉，想有一個孩子想得神思恍惚了。」男人想，一邊憐惜地看著女人。

第三天，女人剛進到花椒園裡，那蛇身人面的女子已經在等她了。女人趕緊返身回家，把男人叫來。男人氣喘吁吁地來到花椒園，看到那個蛇身人面的女子周圍，十幾棵花椒樹上的花椒紅得像火。他往遠看，其他花椒樹上的花椒才剛剛泛青。

來者把對女人說過的話又說了一遍後，看著男人疑惑的眼神，又補充道：

「你們的兒子將是一個了不起的音樂家。」

貳

不久，這對夫婦果然生下一個男孩，取名形天。形天漸漸長大，沉浸在喜悅和感激中的父母謹記承諾，讓他自由自在地生活在田野和山林之中。長到十二歲時，形天無師自通，可以流暢地誦讀竹簡上的經文，也可以和遠近聞名的飽學之士談天論地。

更讓人驚異的是，形天可以和天上的鳥交流，也可以和山裡的野獸友好相處。他把鳥的叫聲用符號刻在竹簡上，然後再用自己製作的樂器演奏出來，幾乎可以以假亂真。繼而，他把自然界的風聲、雨聲等各種聲音，都如法炮製，記錄這些音樂的竹簡堆滿了他的屋子。他也記錄野獸的叫聲，不過，這聲音有些嚇人，他把記錄這些聲音的竹簡，放在另外的地方。

形天還有一種驚人的本領不為人所知，就是他的強大的臂力。這種力量，一半與生俱來，另一半來自他常和野獸們嬉戲、摔跤、搏擊。他可以把一頭山豬輕易地摔倒在十步開外，也可以把一隻老虎舉過頭頂，並持續一炷香的時間。不過，他驚人的力量也可以在一瞬間失去，這個祕密只有他和這些野獸們知道。

參

這天，常羊山下來了一個異鄉人，他聲稱是炎帝的音樂采風人。常羊山下沒有人知道炎帝是誰。於是，這位神采奕奕的音樂采風人，用他那訓練有素的好聽的聲音說道：

「你們連炎帝都不知道啊，真是孤陋寡聞啊，哈哈。讓我來告訴你們，炎帝是我們部落的首領，他的身軀像松柏一樣挺拔，思想像岩石一樣堅定，他的眼睛能看到幾千里外，他的聲音像洪鐘一樣響亮。他遍嘗百草，能夠用草木給人們治病，他用泥土造出陶器來，可以盛放物品和蒸煮食物。他尤其喜歡音樂，所以派遣我們到大地各處，採集音樂和尋找沒有見過的樂器，尋找懂得音樂的人。他要組建天下最龐大的音樂隊伍，謳歌天神、大地和豐收，謳歌人的誕生、婚姻和死亡。」

這番話吸引了眾人，大家把形天推薦給這位音樂采風人。當他看到形天滿屋子的竹簡，並聽了形天用各種自製的樂器演奏後，驚得目瞪口呆。

音樂采風人試圖說服形天的父母帶走形天，形天的父母堅絕不答應。音樂采風人苦口婆心，形天的父母終於說出了自己的擔心。

「現在，天下太平，怎麼會有戰爭呢？況且，形天是一個音樂家，他怎麼會成為一個戰士去打仗呢？」

音樂采風人信誓旦旦，終於說服了形天的父母，但形天提出，音樂采風人先行回去稟報炎帝，自己要穿越萬水千山獨自前往。

肆

一年後，形天見到了炎帝。炎帝一見形天，立即喜歡上了這個年輕人。炎帝給他安排了一個寬大的院子，並派五個機靈的童子供他調遣。院子裡，有十幾棵大樹，樹冠上都有人工製造的鳥窩，裡面散養著各種叫聲獨特的鳥，那五個童子同時看管和飼養這些鳥兒。

形天心地單純，一心撲在譜曲上。他從家鄉帶來的模擬自然的曲子，雖然炎帝也喜歡，但炎帝似乎更喜歡用音樂表現宏大的場面。炎帝建議他去田野走走，感受一下部落人們集體勞動的場面。很快，形天完成了〈扶犁〉、〈豐收〉等曲子的創作，受到炎帝和其他音樂人的稱讚，一時間，宴會、集會和祭祀場合，都在演奏形天的作品。

但是，這樣安康的日子被一場戰爭打斷。

地處中原的阪泉成為主戰場，炎帝要和黃帝在這裡決一死戰，爭奪天下的統治權。其時，炎帝和黃帝勢均力敵，炎帝部落高漲的士氣像潮水一樣，浩浩蕩蕩的軍隊來到黃帝的面前。戰場上喊聲震天，血肉橫飛，到黃昏收兵時，戰場上的屍體橫七豎八，像激盪的洪水沖擊後的樹林。但是，第二天太陽出來時，戰場上的屍體都不翼而飛，像打掃過的院子一樣乾淨。這引起了炎帝的不安。又一天的大戰結束後，他安排部下暗地裡守夜偵察。午夜時分，將士回報，戰場上出現了成群的狼蟲虎豹，牠們埋頭啃噬屍體，場面令人毛骨悚然。炎帝沉思良久，理不出個頭緒。

新的一天立即讓炎帝知道了這些狼蟲虎豹的來歷。

戰場上，黃帝一改前幾天的陣型，軍隊全部退縮在一里之外，炎帝只能看見遠遠一排低矮的影子，和兵士們手持的長戟尖端在閃閃發亮。突然，一陣怪異的號叫聲響起，黃帝那邊閃亮的長戟閃向兩邊，中間讓出一條縫隙，一群不知是什麼的東西匍匐著、號叫著漸漸臨近，炎帝看清了來者是一群猛獸。

炎帝的隊伍在猛獸的衝撞下潰不成軍。

伍

形天一直在後帳中研究音樂，他想創作一首鼓舞士氣的曲子。

狼蟲虎豹在前，兵士在後，黃帝的大軍像潮水一樣掩殺過來，很快波及營帳。形天在驚慌中看到被十幾個兵士保護的炎帝，立即迎了上去。「快過來！」炎帝喊道，「這裡安全。」形天跑了過去，也被士兵們圍在中間。他們跑進一片樹林裡，「休息一會兒。」炎帝疲倦地說，一屁股坐在一塊石頭上，士兵們立刻分散開，警覺地察看著周圍。

殺聲和野獸的叫聲離得很遠，「終於可以歇口氣了。」炎帝喃喃自語著，形天看到他目光茫然，臉上除了疲倦還有更多的沮喪。這時候，樹上的鳥叫了幾聲，「炎帝，我們快走吧，有一小隊人馬正在包抄我們。」形天焦急地提醒道。

炎帝側耳凝神細聽，搖搖頭，身體繼續穩穩地坐在石頭上。鳥又叫起來，聲音變得急促，然後飛走。「炎帝，我能聽懂鳥的語言，牠們說有人和馬在靠近，後面還跟著幾頭豹子。」炎帝立即起身，召集士兵們趕快出發。

剛走出樹林，黃帝已經攔在了前面。黃帝騎著一匹高頭大馬，手持一把長戟，兩旁站著四頭豹子，十六隻蹄子有力地抓著地面，蹄尖陷在泥土中。再往外，是幾十個威猛的士兵，把長戟橫著指向炎帝，戟尖的寒光耀眼。此時，只要黃帝一聲令下，四頭凶悍的豹子就會把炎帝這邊的人撕成碎片，然後猛士們殺過來，再把他們剁成肉泥。

炎帝下意識地把形天擁在懷裡，對黃帝說：

「我們之間的戰爭與這個年輕人無關，讓他離開後，我們再決一死戰。」

「他是你的……」黃帝問。

「不是，他是一個音樂家，春天時從遙遠的秦嶺來，讓他回他的家鄉去吧。」炎帝再次請求。

黃帝沉思片刻，然後堅決地搖搖頭。

炎帝搭在形天肩頭的手顫抖了一下，形天意識到這是絕望的一抖，這一抖讓他感動，也讓他輕輕掙脫炎帝的手臂，跨前一步站在了黃帝的面前。

他對著立在黃帝兩邊的四頭豹子說：

「豹子兄弟，我們不應該參與人類的爭鬥，你們跟著我離開這裡。」

說完，他仰頭模擬豹子叫了一聲。

所有在場的人都聽不懂形天對豹子說了什麼，只看到豹子挪動著四隻蹄子，站在了形天的身旁。

「走吧。」形天對豹子說，同時示意炎帝和衛兵在前面先走。

這樣，在黃帝驚詫的注視下，形天和豹子殿後，炎帝一行逃出了黃帝的視線。

陸

炎帝他們躲進了南方的崇山峻嶺中。

黃帝從俘虜中很快就了解到形天的底細，立刻派人前往秦嶺常羊山下，把全村人殺了個精光，並揚言等著形天來找自己復仇。

黃帝的這一招果然見效。常羊山上逃走的鳥兒，把消息傳到了形天的耳朵裡，形天聽了如同五雷轟頂。他決定復仇。

他夜不能寐。午夜，一個蛇身人面的女子出現在他面前。雖然是黑夜，但女子身體自身發出的光芒，讓屋子裡的一切都清晰可辨。女子說：

「我造人時，人人皆為泥土之身，本沒有高低貴賤之分，黃帝半人半神，卻也不可視人為草芥，為一統天下而濫殺無辜。現在，我改你的名字為『刑天』，並且賦予你巨人的身軀，去挑戰他的權力。」

第二天，炎帝的衛兵們看見一個巨人離開了山谷。

柒

黃帝威猛的將領們，沒有一個是刑天的對手，刑天像提小雞一樣把他們隨手扔得很遠。那些凶悍的野獸在刑天面前，變得像是刑天豢養的寵物，全部溫順地跟在刑天身後。現在，黃帝的威望一落千丈。黃帝萬不得已，只好親自出戰。

黃帝和刑天的打鬥持續了一個夏天。在這個夏天裡，炎帝開始招兵買馬，準備重整旗鼓向黃帝宣戰。黃帝情急之下想到一計，他招來他的野獸軍隊的馴獸師，要他潛入常羊山中，去向那裡的野獸打聽刑天有什麼弱點，然後以此來制服刑天。

「好，我這就去。」馴獸師答應。

馴獸師換上獵人的衣服，帶著狩獵的工具，很快來到常羊山。馴獸師不費吹灰之力就逮住了一隻猴子，在用短刀劈下猴子的兩條手臂後，猴子忍著劇痛，在地上跳來跳去地用斷臂比劃、示意，終於讓馴獸師明白了刑天的軟肋。

捌

黃帝約刑天在常羊山下決一死戰。

松柏一樣高大的刑天回到了故鄉，但故鄉已經一片荒蕪，廢棄的殘垣斷壁間雜草縱橫，自己的院子裡，那幾棵老樹還活著，卻是垂頭喪氣的樣子，好像比往昔低了許多，像遲暮的老人等待最後時刻的到來。

刑天高大的身軀出現在院子裡時，常羊山上的鳥兒奔走相告，都聚集在這幾棵老樹上。山裡的野獸們也紛紛趕來，那隻斷了兩臂的猴子躲在後面，想上前把自己告密的醜行告訴刑天，但看到周圍一個個比自己凶猛十倍的野獸，立刻把頭埋在地上。

黃帝喜歡持戟作戰，這次卻換上了一把刀，刀片鋥亮，閃著異樣的光芒。野獸和鳥兒稍微直視，眼睛就會像被這把刀劃破一樣，感到疼痛。

黃帝與刑天打鬥一番後，突然躍到半空中，身體倒立著與刑天纏鬥，這樣，刑天不得不彈跳起來應戰。這樣又打鬥了一個時辰後，黃帝把身體騰得更高，懸在了常羊山上，突然猛劈，常羊山被劈成了兩半，向兩邊傾斜著露出一道巨大的縫隙。刑天見狀，也騰空而起，要趁黃帝的刀還沒有提起來的空檔，朝胸刺去一戟。但是，他這一刺卻軟弱無力，被黃帝把戟柄握在手中，黃帝另一隻手裡的刀片順勢一揮，刑天巨大的頭顱飛離身體，落在常羊山的縫隙裡。「喝！」伴著黃帝一聲雷霆般的巨吼，常羊山迅速合在一起，恢復了原來的樣子。

與此同時，刑天的身體從半空中掉下來，著地的瞬間也恢復了原來的樣子，那個巨人刑天消失在鳥獸的眼前，離開家鄉時的那個刑天回來了，但是，沒有了腦袋，也沒有了可以吹奏和演奏出它們的聲音的嘴唇。

那隻可惡的猴子告訴馴獸師，刑天的致命弱點是：他的雙腳離開地面就會失去全部力量。

玖

刑天失敗的消息迅速傳遍天下，黃帝重新樹立了威信，炎帝繼續龜縮著等待新的機會。還有一個強大的部落在摩拳擦掌，準備爭奪天下。

女神女媧制止黃帝把刑天殺死，讓刑天沒有頭顱的身體繼續倖存在世上，並且讓他的胸膛變成眼睛，肚臍變成嘴巴，讓他一手持盾一手持戟，讓他憤怒狂舞的形象作為警示，長存在黃帝的腦海中，讓他和他異常的形象一樣不朽。

婦人沙壹

在樹木蔥蘢的牢山上，住著婦人沙壹。沙壹不知道自己從何而來，只記得很小很小的時候，母親把她放在一隻鳥兒的背上，對鳥兒吩咐了幾句後，鳥兒就飛起來，飛了無數個晝夜，最後降落在這座山上。她記得那是一隻羽毛華美、翅膀巨大的鳥，那隻鳥陪著她度過一個年頭，教會她如何識別可以食用的植物，如何儲存飲水，如何用葉片和藤蔓編織衣服，如何編織不同顏色和厚薄的衣服，以適應季節的變化，還教她如何與山中的野獸相處和交流。一年後，鳥兒飛走，再沒有回來。

沙壹也漸漸長大，長成一個高大、健康的女人。

牢山四周地勢險惡，濃密的樹木下分布著大大小小的水潭，有的深不可測，有的變成了沼澤，山下的獵人偶爾靠近，立刻被陰森森的煞氣所震懾，不敢邁近半步。沙壹像一頭野獸一樣，自由自在地生活在其中，無所謂快樂也無所謂悲傷。

這天深夜，沙壹被一陣響亮的說話聲驚醒。沙壹的房子建在三棵樹之間，像一個懸著的巨大鳥巢，門前垂下來藤蔓編織的梯子，屋子的三面都留著窗戶。三棵樹立在山坡上，她推開任何一扇窗戶，外面的情景都一覽無餘。她習慣了雷鳴風嘯，卻不習慣這種類似人的聲音，因此她有些驚慌又有些好奇，立刻掀開朝東的窗戶趴在窗沿上。

外面，月亮和星辰都隱在雲層中，黑乎乎一片。不過，沙壹在黑暗中也能辨識東西，況且，那些發出聲音的東西自身帶著光，把周圍幾十步開外都照得如同白晝。這是幾棵牢山上最蒼老的樹，沙壹認得它們，但沙壹驚奇的是，它們怎麼離開了原來的地方匯聚到這兒。這幾棵樹的中間，是一棵沒有見過的樹，但看上去並不蒼老，相反，樹身挺拔，樹枝舒展。它們像是在商量什麼，交談中還不時挪動一下樹身，沙壹發現，樹根就是它們的腳，樹根上乾乾淨淨沒有泥土。它們說的話，類似人聲，但又夾雜著動物的叫聲和風聲，沙壹非常費力地聽出它們在商量著關於牢山的事情，當中間那棵樹在責問「山裡為什麼沒有人」時，那幾棵蒼老的樹，都把蒼勁的樹枝像手臂一樣伸出來，一起伸向沙壹的房子。沙壹看見中間那棵樹也扭過了樹身，它的光芒最為耀眼，沙壹在一瞬間彷彿看到了一個俊美的青年。

樹們似乎在達成了一致意見後，身上的光芒緩緩熄滅。黑暗中，一陣樹根掃過地面的聲音傳來，樹們離開了此地，沙壹房子的周圍恢復了寂靜。不過，沙壹第一次徹夜未眠，她的眼前一直晃動著那棵年輕的樹的形象。

第二天天一亮，沙壹就從房子裡出來，敏捷地攀著梯子踏在了草地上。她準備好捕魚的工具，朝山南走去，那裡有一潭湖水，湖面開闊，湖裡有幾十種魚兒任憑捕捉。她特地繞了個彎，穿過一片沼澤地時，她像一隻猿猴，雙手抓著周圍的樹枝，雙臂倒替著，幾個跳躍就落在堅實的草地上。她來到了南山坡的背陰處，找到了一棵昨晚去過她房前的樹，這棵樹葉片肥厚、舒展，沙壹經常摘下來泡在水中，等水變成了清亮的紅色，水變得甘甜，她喜歡飲用這樣的水。

她站在了樹的前面，想找到它的眼睛或者別的什麼，這樣可以與它交流。但是，這棵樹像往常一樣，看不出哪裡有特殊的地方。沙壹失望地搖搖頭，轉身離開。

翻過一道山梁，一隻老虎攔在前面，老虎神情焦急，朝著她吼叫了三聲。沙壹急忙騎在虎背上，老虎沒等沙壹坐穩，就發足奔跑，沙壹趕緊拉住了老虎脖頸上的毛髮。很快，一陣風馳電掣，老虎停在了一個山洞前，沙壹從虎背上下來，立刻聽到洞裡傳出另外一隻老虎的呻吟。「裡面的老虎要分娩了。」沙壹心想，急忙奔進洞裡。剛才背著她的老虎，則警覺地立在洞口，像一個威風凜凜的哨兵。

洞裡，在沙壹的幫助下，老虎一窩生下了九隻虎崽。

沙壹走出山洞，在地上撿起來九顆小石子，一顆一顆排在老虎面前的一塊石板上。最後一顆石子落下後，老虎感激地用頭蹭蹭沙壹，沙壹拍拍老虎碩大的腦袋，示意牠趕緊回洞裡去。老虎遲疑著，「沒關係，我會自己回去的。」沙壹說。

老虎愉快地轉身進了洞裡，很快，洞裡傳出來小虎崽「吱吱」的叫聲。

沙壹心情變得特別愉快。她看到平靜的湖面時，突然沒有了捕魚的心思，而是想在湖面上遊蕩一會兒。她朝四周逡巡，突然發現不遠處有一塊橫木，她的心「咯噔」一動，昨晚那個俊美青年的形象浮現在眼前。「我這是怎麼了？」沙壹害羞地把念頭從心裡驅出。她走到橫木前，她看不出這根橫木是什麼材質，橫木通體烏黑油亮，像年輕人健壯的皮膚，橫木成圓形，但在中段不經意地凹下去，淺淺地正好讓人穩穩坐上去。沙壹坐了上去。上午的陽光把橫木照得暖暖的，這溫暖立刻傳到了沙壹的身體裡。橫木彷彿了解沙壹的心思，待沙壹坐穩了，立刻緩緩地離開岸邊向湖心駛去。「如果先繞上湖面一圈該多好！」沙壹想，橫木果然改變了方向，繞了湖面一圈。橫木飄到湖心時，沙壹有些睏倦了，她想到剛才幫助老虎分娩時的情景，那九隻小虎崽可愛的樣子就出現在眼前，她不禁笑出了聲。

接下來的一段日子裡，沙壹每天都要到湖邊來，乘著橫木在湖面上遊蕩，有時，橫木會突然淩空騰起，像鳥兒一樣，在牢山上空盤旋一陣子。這時候，沙壹就看見腳下的牢山上，樹木在狂舞，野獸們奔跑著，小動物們在搖擺的樹上跳躍，鳥兒一邊飛一邊鳴叫，像是給牢山的舞會伴奏。

一個月後的一天，沙壹來到湖邊時，發現橫木不見了。

不過，她沒有失望與悲傷，她感到自己身體和心靈已經發生了變化，她不再是一個獨來獨往的女子，而是像那頭山洞裡的老虎，她即將擁有九隻活蹦亂跳的「小虎崽」，她得為他們的到來做一些準備。於是，她返回了她的房子。她開始在房子周圍築起籬笆，然後在院子裡建築房屋，房屋建了一排九間，房屋前面搭起了鞦韆，搭起可以攀緣的迷宮一樣的建築。她還儲存了比平時多十倍的食物，把山上的泉水直接引進院子裡。同時，她修好了四條通往山下的道路。

一切妥當後，已經過去了九個月，已是第二年的春天。

沙壹生下了九個兒子，山裡的野獸和小動物們都來慶賀，又唱又跳地好不熱鬧。

兒子們漸漸長大，山下的住戶們紛紛帶著自家的女兒來提親，山上的房屋越來越多，沙壹有了成群結隊的孫子。

沙壹老了，成了一個老婦人。

這天，她避開兒孫們，獨自來到湖邊。湖水還是那麼安靜，那麼深邃和開闊，周圍的樹木雖然蒼老，枝葉卻依然茂盛、碧綠。沙壹坐在了岸邊，好像在等待誰的到來。

果然，周圍響起了樹木之間摩擦的聲音，接著幾棵高大的樹木從各個方向匯聚在湖面上，它們的根系和樹冠一樣濃密，劃過湖面時就像一條條水蛇在遊走。沙壹並不驚奇，她平靜地看著這十幾棵樹木停在了水面。接著，一根橫木凌空而降，立在湖面上，沙壹看出來，這正是那根曾經載著她在湖面和天空遊蕩的橫木，不過，在她定睛要看仔細時，那根橫木已經變成一個俊美的青年，正是日夜出現在她心裡的形象。

「他是東方樹神，來接引妳去往仙境。」一棵樹吐字含糊地說。

沙壹聽清了，眼睛盯著水面上的年輕人。她開口問道：「你是我的丈夫嗎？」

年輕人點頭。

沙壹搖頭：

「你那麼年輕俊美，我卻如此蒼老。」

「如果妳隨我而去，妳的容顏立刻就會恢復如初。」

「那多好啊！」沙壹閉上了眼睛，坐著橫木遊蕩的感覺湧上了心頭。

一會兒後，沙壹睜開了眼睛，她含著微笑說：

「你走吧，我丟不下我的兒孫們。」

湖面恢復了平靜，沙壹在岸邊又待了很長時間，她要把屬於湖水的記憶全部交還給湖水。後來，沙壹的子孫成了龐大的族群，被稱為哀牢夷。

預言家吳天

刑天離開草原後繼續向南走。春天了，雖然他選擇的路線上鮮有村莊，但越是荒涼的地方，草木越是繁茂，他欣賞著大地上的美麗景色，一邊還吹奏著曲子。他一點也不感到寂寞，因為經常有鳥兒迷上他的音樂，盤旋在他的頭頂，跟著他飛上幾天，有時，一些喜歡音樂的動物，比如梅花鹿，也跟著他一直奔跑著，還會給他銜來鮮美的果子。

這天，他路過一片森林。安靜的樹林突然一陣騷亂，迎面跑來幾十隻猴子，見到他時，驚慌地示意他趕快逃跑。他聽得懂動物的語言，馬上知曉前方有怪物。他提醒猴子可以上樹躲避，猴子們立刻躥到一棵高大的樹上去。他見猴子們都隱藏好了，自己也「噌噌噌」地攀到樹梢，藏在濃密的樹冠中。

先是一陣樹木被撞倒的聲音，接著就見一條龐大的蛇逶迤而來，牠的身體像宮殿裡的柱子一樣粗，後面還拖拽著九條同樣粗壯的尾巴。牠力大無比，承受著如此重的負荷，但行動的速度極快，把阻擋牠的樹木全部撞倒。樹木倒下，有的被旁邊的樹架住，有的把旁邊的小樹壓垮，一起倒在地上，就像是大人倒下時殃及了旁邊的孩子。所以，當這條蛇停在大樹底下時，身後一片狼藉。

這條蛇似乎能夠聞到猴子的味道，牠把九條尾巴朝天一翹，像幾支筆直的槍柄。刑天看到，槍柄的頂端各有一個小洞，「小心！」他朝著猴子們喊道。話音剛落，就見那九個小洞裡「嗖嗖嗖」射出幾顆水珠，珠子碰到樹上的猴子，猴子就應聲而落，落進蛇張開的巨大嘴巴裡。

珠子像是要故意避開刑天，所以，樹上的猴子都落入蛇的嘴巴後，蛇收回了挺立的尾巴，也閉上了牠的嘴巴。

「請下來吧，我聞到你身上有神祇的味道。」

蛇發出一種奇怪的聲音，像是被什麼東西捂住了嘴巴，悶聲悶氣的。

刑天聽了，把準備好的長戟一收，縱身一跳，落在蛇頭前的草地上。他果然看見，蛇的兩隻眼睛流露著人的情緒。刑天問：

「你是誰？你的眼睛裡為什麼有那麼深的怨恨？」

蛇立起來一部分身體，讓自己的眼睛可以和刑天平視，然後吧嗒著嘴巴說道：

「我的名字叫吳天，我名不見經傳，但我的哥哥似乎名聲很大，他叫吳剛，因為違反了神制，被罰在月宮裡砍伐永遠砍不倒的娑羅樹。我喜歡占卜，是一個巫師，也是一個預言家。我練就了透過觀察月亮預知部落命運的能力。

我的第一個預言是九黎氏族部落聯盟的消亡，我把這個預言告知了部落首領蚩尤，他聽了憤怒之極，竟然去天庭告我的狀，請求神祇把我從大地上剷除。於是，我被懲罰失去預言的能力，同時變成這樣難看的樣子，永久地在大地上遊蕩，直到我的預言成為事實的那一天。」

刑天對九黎氏族早有耳聞，並且知道這個氏族以勇猛著稱，尤其蚩尤半人半神，力氣和智慧無人可比，這樣的部落和這樣的首領怎麼會消亡呢，他不相信這個預言能夠變成事實。

「我的預言沒有人相信，只有神祇相信，所以我被懲罰。我是人，不能夠代替神祇發言，這就是我受到懲罰的原因。」吳天憤憤不平地說。

刑天無言以對，但想到剛才牠吞食猴子的一幕，誠懇地說道：

「吳天，我同情你的遭遇，也希望看見你結束懲罰的那一天。可是，難道你不能不把怨氣撒在剛才那些無辜的猴子身上嗎？我一路從草原上走來，看到廣闊的荒涼的大地，我有一個心願，如果我有足夠的時間，我願意在大地上隔上一段就建上一座小屋，以備旅行和趕路的人們在需要時過夜和取暖。但我有約在身，沒有時間完成這個心願。神祇懲罰你在大地上遊蕩，你如果幫助我完成這個心願，不是可以讓你的心情變好嗎？」

吳天遲疑著，九條精緻有力的尾巴在擺動，像是九個苗條的女子在自由地舞蹈。

「你這九條神奇的尾巴，真應該為大地添上一座座屋子。」

刑天說完，從懷裡摸出一支管狀樂器，放在嘴邊吹奏起來，聲音清脆而激越，曲調像是一個英雄在訴說心中的理想。吳天在一旁靜靜地聽著，九條尾巴跟著節奏搖擺，像是九個強健的少年在展露自己的肌腱。

樂曲奏完時，刑天看見吳天眼睛裡的怨恨已經消失了。

他告別了吳天，繼續向南方走去。

玄女被西王母派往南天傳遞一個消息，她路經南海海面時，被海裡的一個神祇攔住。神祇讓周圍的海水凝固，請求玄女落腳片刻，祂從水裡一躍而出，高大的身軀滴水不沾。

祂比玄女高出一頭，祂低著頭誠懇地說：

「玄女，我有一事相求，希望妳能耐心聽完。在大海深處，生活著一群女孩子，她們是鮫人。像大地上的女孩子一樣，她們有著潔白的皮膚、烏黑的頭髮，有著苗條的身材，也有自己的喜怒哀樂，當然，她們也有一些小小的心願。

她們有時從海底浮到水面，就像我現在這樣，她們因此看見了漁船和船上的漁夫。有時她們還尾隨著漁船，到達接近大地的岸邊，因此她們看到了大地上人們忙碌的身影，看到了對她們來說陌生的炊煙。於是，她們對大地上的生活產生了強烈的興趣，渴望到大地上走走，甚至在大地上生活一段時間。但是，這些鮫人卻習慣於在海水中游動、勞作和呼吸，她們沒有在大地上生存的能力。因此，我懇求妳能夠在這裡待上幾天，帶她們到大地上生活上一陣子，實現她們這個小小的心願。」

玄女認真地傾聽著，很想知道海底的女孩子是什麼樣子。海神從玄女的眼神中知曉了她的心思，便扭頭朝著海面喊道：

「孩子們，出來吧，玄女答應了。」

海神的話音一落，平靜的水面突然一陣水花飛濺，冒出十幾個小女孩來。她們赤裸著身體，身體上水珠晃動，亮晶晶的像一串串珍珠。她們正如海神所說，一個個身體苗條，明眸皓齒，不是人間所有。

「這樣是不能去岸上的。玄女，她們就交給妳了。」海神說完，彎下腰湊近玄女，低聲補充了一句什麼，然後腳下的海面突然下陷，他筆直地沉沒在海水中。

海神消失後，海面又立刻凝固，玄女興奮地對鮫人們說：

「妳們首先得有衣服，其次得學會一門營生……」

沒等玄女說完，有一個鮫人就急迫地回答：

「我們會織布，也會縫製衣服，我們都有自己的衣服，只不過在海裡穿著累贅，所以沒有穿上。」

「那妳們還不趕快去穿！」玄女催促。

鮫人們「撲通」、「撲通」跳進了海裡，一會兒後又從海面冒出來，「嗖嗖嗖」地落在海面上。她們的衣服飄逸而合體，閃爍著魚鱗的光澤。

當玄女帶領著鮮豔的鮫人們踏上海岸時，打魚歸來的漁夫們都停下了手裡的活計，瞪大眼睛不解地觀望著。玄女用珍珠作佣金，僱傭漁夫們在海岸邊蓋起房子，並用漁網圍成一個院子。趁著夜色，鮫人們陸續潛回海底，帶上來織布的機器。幾天後，一座紡織工坊出現在漁夫們的面前。鮫人們美麗的容顏世間少有，她們織就的布匹細膩、光滑、鮮豔，她們和漁民們交易時，只換得很少的生活用品。她們也很快學會了簡單的漁民的語言。

周圍漁村的漁民趕過來，專為看看這些美麗的女子。有年輕人生出把她們娶做妻子的念頭，但都遭到了婉拒。可是，有一天早上，她們發現鮫人中最小的那一個不見了。玄女知道，她肯定是被漁民拐走了，但四處查訪都沒有線索，而所有漁民都守口如瓶，說沒有見過這位小鮫人。

小鮫人的安危讓鮫人們擔心不已，尤其是玄女，她還有使命在身，本來她準備說服鮫人們讓她們趕快回到海中，然後直接離開這裡。但是，小鮫人的消失，讓她不能按計畫行動，她必須盡快找到小鮫人。

這天，玄女發現在魚市上有一個年輕人在兜售珍珠。珍珠盛在一個小碗裡，有二十來顆，豌豆大小，顆顆晶瑩剔透。珍珠很快被搶購一空，年輕人喜滋滋地離開魚市。玄女遠遠地跟在後面，轉過幾道彎後，來到一個極其隱祕的地方。玄女撿起一顆小石子，甩出去，擊在年輕人的腦後，年輕人立刻倒下。玄女跨過年輕人的身體，進了樹木掩蓋的小屋子，出來時身後跟著那個小鮫人。

玄女帶著小鮫人回到作坊，鮫人們一陣歡喜。小鮫人還沉浸在回到夥伴們中間的喜悅中，她喜極而泣，眼淚撲簌撲簌掉出來，掉在地上後就化作了珍珠，與魚市上那個年輕人兜售的珍珠一模一樣。原來，海神告訴過玄女，說鮫人在情緒激動時流出的眼淚會化作珍珠，玄女也正是看到了這世間罕見的珍珠，才推測到小鮫人的所在。

有了這樣的遭遇，鮫人們不等玄女勸說，紛紛提出要回到海裡。

鮫人們在深夜時分離開海岸，悄悄地潛入了大海。

第二天，漁民們望著空蕩蕩的作坊，像做了一個夢。而海神知道小鮫人的遭遇後，在夏天快要結束時，發動了一場巨大的海嘯，把侵犯過鮫人的漁村捲進了大海。

尋找力牧

黃帝渴望擁有一個力大無窮的猛將，他連續九天九夜向神祇祈禱，第十個夜晚，他剛剛入睡，就夢見在一片廣袤無際的原野上，一個人手持巨大的弩弓，驅趕著上萬隻羊無聲地向前行進。黃帝在夢中喊叫著讓那人止步，那人卻充耳不聞。眼看著那人越走越遠，黃帝禁不住使出全身的力氣，試圖叫住這個就要消失的人，最後，叫聲只喊醒了自己。黃帝立即命令最老的占夢師前來占夢。老占夢師衣衫不整，匆匆忙忙趕到黃帝的睡榻前。他詳細地聽取了黃帝的描述，沉吟片刻，神祕地說：「這個人手持巨大弩弓，說明他力大無窮，應該姓力；他趕著上萬隻的羊群，名字應該是群。所以，這個人正是黃帝您朝思暮想的、那個力大無窮的猛將，名字就叫力群。」黃帝聽了頻頻點頭。

第二天，黃帝派出上百名戰士，化裝成百姓奔赴各地，去查訪名字叫「力群」的人。很快，兵士們在指定的時間內陸陸續續回來，帶回來十三個名字叫「力群」的人，其中有三個骨瘦如柴的老人、五個文質彬彬的書生、三個獵人和兩個農夫。黃帝把新製的一張弩弓擺在前面，吩咐三個獵人和兩個農夫輪流試弩。這張新製的弩弓在軍營內還沒有人能夠拉開，這五個人戰戰兢兢走到弩前，一個一個只有提起來的力氣，根本沒有力氣拉動弩弦。

老占夢師站在一旁面如死灰，虛汗布滿了額頭。黃帝命令他親自出馬，在五天內把「力群」帶來。老占夢師領命離開，離開時內心慌亂，不慎被一塊小石子絆倒，引得那十三位「力群」哈哈大笑。

老占夢師回到自己的屋子裡，鎮靜下來，盤算著怎麼找到「力群」。午夜，老占夢師一個人悄悄走出屋子，星光照著他背上鼓鼓囊囊的小包。雖然他腳步放得很輕，但小包裡還是不時發出金色器皿碰撞的細小聲音。這聲音一響，老占夢師就把步伐停下來，看看周圍，確信周圍沒有任何反應後，才又邁開步伐。

第二天，黃帝得到消息，說老占夢師跑了。

其實，他並不是逃命而去，而是躲進了附近的山裡。他背著的包裡是煉丹的器皿和材料。原來，他手裡有煉「力珠丹」的配方，他要用最快的速度煉成，然後找到一個合適的人，讓這個人吞食後變得力大無窮，成為黃帝要找的「力群」。

就在黃帝對他的逃跑耿耿於懷，而新來的占夢師還在前來的路上之際，老占夢師卻突然出現在黃帝面前。他帶著一個年輕人，此人身材高大，虎背熊腰。

「黃帝，這就是你夢中的力群。」

他滿面紅光，神清氣爽地對黃帝說。

黃帝點著頭，吩咐把那張弩弓取來。年輕人伸臂，提弩，拉弦，放箭，閃亮的箭頭帶著粗硬的箭桿，像一道閃電劃過天空，消失在黃帝的視線之外。黃帝欣喜萬分，立刻安排擺上宴席，歡迎力群的到來。宴席上，老占夢師吩咐下人牽來一頭大象，力群上前拽住大象的尾巴，手臂一使力，大象就被拽得「噌噌噌」後退。黃帝看著興起，命令找來軍營中最有力氣的十個士兵，力群手指間夾著一條韌性極強的生牛皮，那十個士兵拉著另一端。角力開始，十個士兵的力量加起來都不能讓力群挪動半步，最後，生牛皮在中間斷開，力群指縫間夾著的那部分依然完好無損。黃帝看著興奮異常，心想有這樣的壯士，足可以戰無不勝。

但是，當夜，那個原野上的場景再次出現在黃帝的夢中。黃帝醒來，睜著眼睛百思不得其解。

幾天後，力群身邊的士兵報告，力群的妻子來找力群。這個女子私下喊自己的丈夫時，喊的卻是另外的名字：劉累。黃帝立刻捉來老占夢師。在嚴厲的拷問下，他說出了真相。此人確實不是力群，而是劉累，力氣是吃了他煉就的「力珠丹」後增加的，藥效消失，力氣也會消失。黃帝大怒，下令對老占夢師處以極刑。

老占夢師的身體被綁在一根粗壯的木柱上，圍觀的人們心生憐憫。正午的驕陽，把他晒得奄奄一息，他的腦袋像一顆沒有了水分的馬鈴薯垂在胸前。這時，一匹馬嘶叫著趕到，一個年輕人翻身下馬，扶起他的頭，摘下腰間的水壺，小心翼翼地把水餵進他的嘴裡。

旁邊的士兵直等到他甦醒過來後，才上前阻止，年輕人朗聲說道：

「我是黃帝等待的占夢師，現在，你們帶我去見黃帝。」

年輕的占夢師站在黃帝面前，聽了黃帝的夢和老占夢師受罰的原因後，他對黃帝說：「我可以解開你的夢的謎團，但有一個條件，就是取消對老占夢師的懲罰。」黃帝不假思索地點頭答應，年輕的占夢師繼續說：「你夢中的那個人，名字應該叫『力牧』，而不是『力群』，能牧上萬隻羊群，預示這個人可駕馭千軍萬馬。」

很快，黃帝找到了力牧。力牧成為黃帝手下的戰將之一，在黃帝與蚩尤的涿鹿之戰中，力牧置生死於不顧，衝鋒陷陣，為黃帝建立了赫赫戰功。

火焰的預言

周文王的兒子畢公高有一個女兒枝，她默默無聞地隱居在她的父親建造的汴梁城內。一夜，她在夢中被一團火焰告知，她的兩個兒子中有一個被選定將擁有神奇的力量，並將因此名揚天下。枝醒來，天還沒有亮，她坐起身來，藉著月光望向土炕靠窗戶的一邊。那裡，兩個男孩正在酣睡之中，他們共用一張被子，臉對著臉親密無間。

兄弟倆同父異母，大兒子莊都是丈夫的前妻所生，二兒子莊疆才是枝親生。兩個孩子的父親莊照器在汴梁城赫赫有名，生意做得很大。莊都十二歲，非常聰穎、懂事，處處為母親著想，事事謙讓和呵護小弟弟，枝把他當親生兒子疼愛。

但是，做了這個夢以後，枝看著莊都的眼神起了變化，她擔心那個名揚天下的兒子是莊都，而不是莊疆。莊照器長年在外做生意，要在年關前才遲遲歸家。捎回的信函中，每每提及兩個兒子，也是先提莊都，再提莊疆。這在以往，枝不以為意，覺得長幼有序，但現在感覺大變，認為在丈夫心裡面，莊都的分量比莊疆重。這更加深了她的疑慮。

種種疑慮讓枝坐立不安，更讓她心緒煩亂。

一夜，那團火焰又出現在她的夢中，火焰說，她是周文王的孫女，但必須永遠隱姓埋名，代價是上次夢中的預言。她想問預言選定的是哪個兒子，但嘴巴像被縫住一樣無法張開，撕裂的疼痛讓她醒來。兩個男孩相對而眠，月光照進來，她看到莊都像是夢到了快樂的事情，臉上洋溢著笑意；而莊疆臉色驚恐，像是夢中被什麼怪物追趕。

枝立刻在黑暗中做出了決定。

但是，枝想不出一個天衣無縫的辦法。一夜，火焰在夢中再次出現，火焰說，讓兩個兒子去城外種植某種植物，收穫的多寡就是答案，多者將被選定一生縱橫天下；少者將背井離鄉，母子再無見面之日。

時令正值初春，是萬物播種的季節，枝把兩個兒子喚到面前，說：

「兒子們，你們長大了，我準備讓你們學習種植莊稼，這裡是兩袋數量相同的麻種，每人一袋，田地已經替你們選好，大小一樣，兄弟倆一起種植、侍弄，一直到收割，最後看誰做得更好。」

莊都和莊疆聽了非常高興，他們成天背誦各種經書，有可以遠離書齋的機會，一個比一個顯得更興奮。

枝把一袋麻種先遞到莊疆手中，莊都把留下的一袋提了起來。

兄弟倆來到田地旁時，因為興奮，兩個人先把麻種扔在地埂邊，在田野裡瘋玩了一陣。玩夠了，他們回到田埂邊，從地上拾起麻種袋，走向各自的田地。

初夏時，莊都的地裡冒出了麻子的小苗，匍匐在地上，像綠色的花朵。莊疆的田裡靜悄悄的，麻苗好像還在黑夜一樣的泥土裡做著夢，不願醒來。兄弟倆商量著，猜測是什麼原因，枝知道了卻大驚失色。

她開始夜夜祈禱和懺悔，祈禱那團火焰再次降臨夢中，給她懺悔的機會。她在麻種上做了手腳，一袋是炒熟的，留給了莊都。兄弟倆在地埂邊瘋玩後，走向田地時拿錯了袋子。但是，火焰不在她夢中出現，她意識到結局已經無法改變。

莊都田裡的麻子一天天長高，枝一天天地憔悴下去。她常常在深夜時，站在那塊長滿雜草的田地裡淚流滿面。

收割的季節到了，兄弟倆把哥哥田裡的麻子收了回來。

「這是我們共同的收穫。」莊都說，「我們共同澆灌、鋤草，把麻子料理得非常茂盛，也得到了豐厚的回報。」

枝聽了很欣慰，緊張的心情放鬆了一些。

但是，預言沒有因此被改變。一夜醒來，枝驚恐地發現，炕上酣睡的只有莊都，莊彊的被子翻開一半，人已不見。她立刻穿衣出門，院子裡冷冷清清，秋天的月亮掛在天空，像一盞黯淡的燈。院門緊閉，她找遍院子的角角落落，都沒有兒子的氣息和蹤跡。

枝失魂落魄，幾近發瘋。莊照器回來了，但在妻子瘋瘋癲癲的胡話中，聽不出事情發生的絲毫緣由。莊都講述了他知道的一切，但莊照器依然弄不清楚，種植麻子與兒子失蹤有什麼關聯。

又一夜，火焰出現在神志不清的枝的夢中。火焰說，妳如果願意變成一隻鳥，可以找到丟失的兒子。枝醒來，發現自己已經是一隻鳥。黑暗中，她聽到翅膀振動的聲音，接著，她就飛了起來。她沒有馬上飛離屋子，而是在丈夫和莊都沉睡的身體上空，戀戀不捨地盤旋了好大一陣子，然後才毅然決然地飛出屋子。

午夜時分，天空星光閃爍，大地萬籟俱寂。枝試著向院子裡的大樹飛去，當她穩穩地棲落在枝頭時，她確定自己是一隻鳥了。但是，該飛向哪裡找兒子呢？她把身體蜷縮在一起，讓羽毛貼緊有些發冷的心臟，她就這樣一直等到清晨，陽光暖暖地照在身上。這時，有幾隻鳥飛上樹枝，嘰嘰喳喳地叫著，枝聽不懂牠們在說什麼。接著，她看見丈夫驚慌失措地從屋子裡跑出來，後面跟著衣冠不整的莊都。莊都傷心的哭聲讓枝禁不住想安慰他幾句，但她張開嘴說出的話，像旁邊的鳥兒一樣，聽上去嘰嘰喳喳的。

一個月後，枝學會了鳥的語言，她向鳥們描述兒子的樣子，詢問是否見到過她的兒子。鳥們的回答都是否定的，因為在牠們眼裡，所有十歲的男孩都是一個樣子。

這天正午，枝飛過一片山林時，發現一塊田地上有一個少年正在鋤草，她在地邊的一棵大樹落了下來。她驚訝地發現，這個少年正是她的兒子莊疆。她禁不住大聲叫起來：

「兒子，兒子，我的兒子。」

莊疆聽到鳥的叫聲，直起腰扶住鋤頭仰臉望上去，他看到枝反常的樣子，但猜不透這隻鳥看到了什麼，為什麼這麼嘰嘰喳喳地叫，就埋下頭繼續幹活。

枝非常失望地停止了鳴叫，但她為找到兒子而興奮。

接下來的幾天裡，她發現兒子和一個孤寡老人住在一起，他料理著老人的起居生活，老人耐心細緻地教他如何做各種農務，如何製作各種農具。他看到兒子的皮膚被太陽晒黑，但身體變得非常結實，她悲傷的心情感到少許安慰。

她在老人院牆外的一棵樹上築了一個窩，打算長期住下來陪伴兒子。

她雖然變成了一隻鳥，但她依然具有人的記憶和思維，她也做夢。一天夜裡，那團火焰又來到她的夢裡，火焰說，妳已經見到了兒子，可以飛回到汴梁恢復妳原來的樣子了。枝搖頭，立即醒來。

從此，她一直住在這棵樹上，看著兒子勞作、長大，娶妻生子，直到一天靜悄悄地死在自己的窩裡。

（如果你見到一隻鳥，突然瘋狂而恐怖地尖叫起來，不要害怕，也不要把她驅趕。她是周文王的孫女，一個丟失了兒子的失魂落魄的母親）

伯益去見大禹

伯益的禮物

伯益年輕時，致力於著書立說。著書立說之餘，就放情於山水之間，和飛禽走獸交流。飛禽走獸口口相傳的故事，被伯益記錄下來，人們讀了竟覺得是奇談怪論。不過，這對伯益絲毫沒有影響，他陶醉於這樣的記錄，熱衷於這樣的生活狀態。

這樣的日子沒有過了多久，舜帝就打算讓他去輔助大禹。大禹確定了新的水患治理方案，立刻派人前往高夷，要接伯益來輔助他。

這天，風和日麗，伯益行走在一條鄉間小路上，默誦著讚美自然的詩篇。突然，頭頂飛過幾隻麻雀，停在前面一棵大樹上，嘰嘰喳喳地叫個不停。緊接著，又飛過來幾隻，叫聲更加激烈，像是在爭論什麼。一會兒的時間，一棵樹上就聚集了幾百隻麻雀，叫聲連在一起，像嘩嘩作響的流動的河水聲。伯益聽著，低頭對跟著他的書僮說：

「丘，快去村西頭的余家，他們家糧倉的門開著，告訴他們趕緊關好了，這群麻雀已經決定『搶劫』他們家的糧食了。」

丘上氣不接下氣地跑到村西頭余家，余家人都到田裡幹活去了，院子裡空無一人。只見糧倉的門大開，搶先一步飛到的麻雀已經魚貫而入。丘站在門的一旁，一陣怪叫，裡面的麻雀便在驚慌中飛了出來四散而去。

丘關好糧倉的門返回到伯益身邊。

倆人走進村子時，遇見村裡的馬夫，馬夫攔住伯益說：

「伯益，我家的馬一直嘶叫著不吃草料，你有時間去看看嗎？」

伯益回答：

「好。」

很快，三個人走進馬廄，伯益湊近靠門的一匹馬，嘰裡咕嚕說了幾句，那匹馬扭過頭也對著伯益輕叫了幾聲。伯益回頭對馬夫說：

「草料太熱，晾涼了再餵。」

伯益和丘從馬夫家出來，沒走幾步，迎面碰上了一個陌生人，這人行色匆匆，像是趕了很長的路。他一見伯益，就趕緊拱手相拜：

「你肯定就是伯益先生了？」

伯益回答：

「是。」

「我是東邊大夷鎮上的人，鎮子旁邊的大山上，一到中午時分，幾頭老虎就一齊朝著鎮子吼叫，鎮上的人不知道牠們在喊什麼，所以派我來找您，想讓您無論如何去上一趟。」

伯益吩咐丘回家牽來一輛牛車，三個人坐在牛車上奔向大夷鎮。

他們趕在中午時分進了大夷鎮，鎮上的人們站在街道兩旁迎接伯益的到來。伯益似乎很享受這樣的接待，他笑咪咪地下了牛車，被簇擁著踏上一座小閣樓，閣樓正對著南山，可以一覽無餘地看見整座大山。

大家剛剛坐定，山上就傳來了虎嘯，一陣急一陣慢，一陣高一陣低，像是在敘述一件很複雜的事情。伯益凝神諦聽，不時還眨眨眼睛，像在思考什麼。虎嘯停止了，伯益周圍的人都期待地看著他。

「老虎說了很多事情，你們不必知道。你們需要知道的是，過幾天，天將降一場暴雨，要暴發山洪，你們趕快修築堅固的壩欄，保護好鎮子和牲畜的安全。」

伯益和丘拒絕了挽留，驅動牛車離開大夷鎮。

路上，丘好奇地問：

「老虎還說了什麼？」

伯益愉快而神祕地回答道：

「老虎在講述他們祖先的故事，我要趕快返回去，把它們記錄下來，放在《山海經》中去，到時候你就知道老虎說什麼了。」

趕在黃昏前，伯益回到了村裡。此刻，在他租住的院子裡，大禹派來的人正焦急地等待著他。伯益一進院子，來人就把大禹的話傳達給他。

「天色已晚，我們就不要走夜路了，明天一大早啟程，好嗎？」伯益請求道，「況且，我也該給大禹王準備一份見面禮嘛，這也需要時間啊！」

來人想想，點頭答應。

晚上，伯益獨自提著一盞燈籠走出院子。村子裡很安靜，燈籠只能照見周圍一小片地方，但伯益在這裡已經住了一年多，對村裡的路非常熟悉。很快，他就離開村子，來到一片矮樹林裡，微弱的燈光照見這是一片棗樹林，樹枝屈曲，張牙舞爪，伯益或者斜著身體或者彎著腰，穿過了這片林子，來到一處亂石嶙峋的荒灘上。

他停下來，把燈籠吹滅。他等了一會兒，沒有聽到周圍有什麼響動。

「喂，黑蛇在嗎？」

他又等了一會兒，地面有了響動。

「黑蛇，我曾經委託你，讓你幫我找哪裡埋著金子，找到了嗎？」

黑暗中，響起一陣蛇吐信子的「嘶嘶」聲。

「知道了。謝謝你，黑蛇。」

第二天，伯益、丘坐著自己的牛車，來人趕著一輛寬大的馬車，兩輛車停在了一片荒塚前，伯益下了牛車，指著前方一棵盤根錯節的老榆樹，對來人說：

「那棵樹下有幾罐金子，你過去挖出來。這是我帶給大禹王的禮物，治理水患用得著。」

路上，馬車被壓得車軲轆吱吱呀呀地響著，牛車上，丘問伯益：

「昨天，那幾頭老虎究竟還說了些什麼？」

伯益漫不經心地敷衍道：

「有空再告訴你吧，估計沒有時間把它寫出來了。」

說完，伯益陷入沉思中。

哭泣的石頭

伯益坐在牛車上，趕往大禹王的駐地。一路上，他無心欣賞沿路的風景，沉思著如何輔助大禹王。翻過一座山梁後，眼前出現了一片開闊地，地上雜草叢生，風吹過就像起伏的波浪。前面帶路的馬車停了下來，馬車夫跳到地面，朝著伯益和書僮喊道：

「伯益先生，休息一會兒吧。」

伯益和書僮跳下了牛車。馬車夫抱著一捆青草走過來，輕輕地扔在牛的前面，牛被青草的清香吸引，立刻低下頭吃了起來。

伯益從牛車上取了水壺，遞給馬車夫，馬車夫恭恭敬敬地擺手拒絕，指指前面的馬車，示意自己也帶著水壺。伯益仰頭「咕嚕咕嚕」喝了幾口，然後滿足地用手背來回抹抹嘴巴，這時，草叢中傳來隱隱約約的哭泣聲。這聲音不僅讓伯益他們仨愣住，也讓吃著草的馬和牛停止了咀嚼。

哭泣聲時隱時現。馬車夫朝草叢中走去，走到一處地方時，他停了下來，盯著草叢看了一會兒，然後轉頭招呼伯益過去。伯益在前，書僮在後，戰戰兢兢地走了過去。

草叢裡，躺著一個人。不過，這個人是一個石雕。大家把他周圍的草撥開，把他陷在泥土中的身體扶起來。他「咿呀咿呀」地叫著，像是大家不慎把他哪裡弄痛了。伯益扶著後背，馬車夫趕緊跑著取來兩根木棍把他給支住了。伯益放開手，繞到了石人的前面。

石人明顯高過大家一頭，手腿、身體和頭顱僵硬，臉上的肌肉雖然也僵硬著，但他說話時可以覺察出表情的變化。沒等伯益張口，石人已經迫不及待地說開了，不過，伯益瞅了半天也不知道他的聲音發自哪裡。石人說：

「先生，我知道你來自哪裡，去往哪裡。現在，這不重要，重要的是你要知道我是誰，為什麼我成了現在的樣子，等我把這一切告訴了你，你一定要答應我一件事情。」

伯益懵懂地點了點頭。石人似乎非常激動，身體禁不住擺動了一下。在他說上面的話的空檔，伯益發現，石人到處可以發聲，只要他的身體上，也就是石頭上有一個細小的窟窿，就能夠發出聲音來。因此，石人在講述他的故事時，伯益等人不停地改變著視線，以能夠找到他的「嘴巴」，聽得清楚他說的每一句話。

「我曾經是一個壯士，就是你們現在看到的樣子。我力大無窮，能夠把碗口粗的大樹連根拔起，尤其是我健步如飛，比一匹駿馬都跑得快。於是，我誇下海口，說天下沒有比我跑得更快的人，如果有，我願意變成一塊石頭，從此不挪動半步。當然有人不服氣，找我比賽，都輸了。有人慫恿山裡的兔子、老虎和我比賽，我也贏了；還有人慫恿麻雀、百靈、雄鷹和我比賽，我也贏了。我能夠騰空而起，踩著樹枝奔跑。有人慫恿風伯和我比賽，但風伯不答應，因為他怕輸掉比賽，丟了名聲。我真正成了天下跑得最快的人，直到有一天來了一個人，後來我知道他是一個神祇。

那天上午，我坐在自家的院子裡晒著太陽，因為我只做一些人力達不到的工作，比如去千里之外傳遞一個消息，或者從高山上扛下一棵巨大的松樹，所以我大部分時間都在休息。來人其貌不揚，但精氣十足，他見面就說要和我比比誰跑得快，不過，他說和我比賽的不是他自己，而是一眼望出去就能看得見的對面的那座山。那座山叫勞山，方圓上百里，山上有峭壁、泉水和茂盛的草木。『它能跑得過我？』我驚訝地問，覺得來人的想法不可思議。『試試吧，我只是來傳個話。』接著，他鄭重其事地說，『不過，你要信守諾言，如果輸了，就變成一塊石頭。』他聲音不高，聲調慢條斯理，卻有一股子震懾力。我點頭答應。

比賽在三天後開始，周圍幾百里內感興趣的人們，都趕著馬車、牛車、驢車，成群結隊地趕來，那些輸掉過比賽的飛禽走獸也趕來了，勞山上的飛禽走獸有的下山，有的乾脆留在山上，打算跟著奔跑的勞山欣賞比賽。

比賽前一天，我就有點精神恍惚，彷彿一直在一個醒不來的夢中。我想睡個好覺，但總睡不著，我讓家人替我做好飯菜，已經吃得超過平時的飯量了，肚子還是扁扁的，胃口還有強烈的飢餓感。我感到我會輸掉比賽。

終於等到比賽開始。那場面可謂空前絕後，男女老少和飛禽走獸擁擠著，都想擠到前面看個清楚，議論聲、推搡引發的吵鬧聲混合在一起，一個人不高聲喊叫，對面的人就聽不清楚。神祇規定，比賽要迎著太陽奔跑，也就是向著東方。日晷的青銅指針指向辰時時，我沒有起步，我要看看勞山怎麼奔跑。這場比賽，所有的觀眾其實都是奔勞山來的，大家的想法和我的想法一樣，因此，這個時刻，喧鬧突然停了下來，像是把一鍋翻騰的水潑進了大海。只見勞山拔地而起，但速度緩慢，像是怕引發的風力把觀眾吹倒。勞山緩緩升到空中，遮住了陽光，地下一片黑暗。黑暗消失後，勞山已經移動到很遠的地方，勞山的原址平展得像一塊邊沿不規則的巨大的石板，裸露著潮溼的黃土，散發出乾淨的泥土的清香。這時，神祇在我的背上拍了一下，我立刻拔腿奔跑。朝東的方向給我留著一條跑道，兩旁的觀眾見我開始奔跑，喊叫著為我加油，聲音驚天動地。

比賽前規定，終點在日落時分。我看著前面移動的勞山一路追去，勞山看上去移動得並不快，但無論我怎麼拚命就是追不上。比賽的結果可想而知，我輸了。那天，太陽一落下山後，我就變為了一塊石頭，倒在草叢中再也不能動上一動。」

石人把故事講完了，停頓下來。書僮急忙問：

「那勞山去了哪裡？」

「我們現在就在勞山上。」石人回答。

伯益非常同情石人的遭遇，他口氣柔和地問：

「我有什麼可以幫助你的嗎，儘管說，我一定盡力而為。」

石人身體又抖動了一下，聲音激動地說：

「神祇對我說過，你要等到一個能夠聽到你的哭泣停下腳步的人，你可以向他請求讓你有所作為。現在，我找到了這個人，就是你。」

伯益聽了，沉思了很長時間，但想不出怎樣可以讓石人有所作為。他慚愧地說：

「對不起，石人，我暫時還想不到如何幫助你，但我會記住對你的承諾。」

石人顯然很失望，他又開始哭泣。

伯益吩咐馬車夫啟程。馬車夫指了指石人，詢問伯益是否把他搬回到原地，或者讓他躺下來。伯益搖搖頭，馬車夫同情地拍拍石人的肩膀，然後轉身回到馬車旁。

寂靜的山道上，又響起馬和牛踢踏地面的聲音，仔細聽可以分辨出它們細微的區別，牛的輕盈些，馬的重些，因為馬車上載著獻給大禹的金子。馬車夫已經忘記了石人的事情，仰著頭盡情享受陽光的照耀。書僮被周圍的景色吸引，忙不迭地瞅瞅這邊看看那邊。伯益坐在牛車上，閉著眼睛，腦子裡還在想著那個石人，似乎還能夠聽見他在哭泣。

路過丈夫國

一路上，伯益悶悶不樂。在一個鎮子的客棧休息打尖時，馬車夫和書僮也不敢多說一句，默默地把車轅卸下來，把馬和牛分別牽到一旁，餵草，飲水。

這個鎮子很特別，房屋蓋得又高又大，只是稀稀落落的，說明住戶不多。招待他們的男人個頭很高，寬臉，大眼睛，手伸出來像一把扇子。打尖後，伯益提出來去街上走走，於是，三個人相跟著走出院門寬大的院子。

走到街上，才發現這個鎮子上的人都身軀高大，衣著考究，腰上佩著寶劍。他們走路緩慢而專心，像是怕走快了就會摔倒，而且彼此相遇時也不打招呼，像是遇到了陌生人。走到鎮子中央時，他們終於看到一個坐在板凳上的男子，很認真地朝他們看過來，彷彿對他們很感興趣。他們走了過去。

「陌生人，你們來自哪裡？」坐著的男人問。他雖然坐著，但並沒有變得低矮，目光依然平視著他們，一把寶劍橫放在膝蓋上。伯益在路上時就已經發現，這個鎮子上沒有老人，也沒有見到過女人，大都是中年男人，只偶爾遇見過幾個衣著光鮮的少年。所以，伯益走近這個坐著的男人，心裡有許多疑慮想問個明白。

「我們來自東夷國。」伯益回答，然後他一連拋出了好幾個問題，「你們這是什麼地方？

怎麼大家這麼嚴肅?也沒有見到一個女人,每個人都佩著寶劍,也不見工作的牛車和農夫……」

男人表情平靜,聽完伯益的問話,用手指指旁邊的板凳:

「請坐吧。」

板凳很高,伯益等人坐了上去,兩條腿就懸在空中。

「有什麼不能夠說的呢?」男人等伯益他們坐穩了,不急不徐地開口道,「你們來到了丈夫國,丈夫國有規定,任何人不得把國家的歷史講給外人聽。但我已經是一個即將死亡的人了,我願意破一次例,犯一次罪。」

伯益望過去,看見男人臉色紅潤,目光精亮,坐姿筆挺,而且說話時中氣十足,怎麼看都不是一個有病的人,更不要說「即將死亡」了。

「我們的祖先是一個男覡,他醫術高明,但面對一些疑難雜症時也束手無策,於是,他祈求神祇賜他靈感,他得到回應,讓他在深夜獨自上山採藥,直到採到沒有見過的藥,那時,神祇就會現身,教導他治療疑難雜症的方法。他興致勃勃,天一擦黑,就迫不及待地前往就近的山上。這座山不算太高,也不算太大,他經常在這座山上採藥,因此對山上的情形非常熟悉,他心裡已經盤算好要去自己平日沒有去過的地方。你永遠不會知道神祇的想法。我們的祖先上山後，隨著夜色降臨，山體好像在變化，他發現自己上的是一座陌生的山，這座山像是無限地大、無限地高，他一直走啊走，手裡的火把熄滅了就再取出一支來，直到把備用的十支火把全部用完了，天還是漆黑一團，彷彿黎明永遠不會降臨了。這時候，我們的血氣方剛的祖先嘟囔了一句，他埋怨神祇似乎在玩弄他，一瞬間，他腳下一空，身體像石塊一樣向下墜落。他落在鬆軟的草地上時，天亮了，他發現自己置身於一個荒無人煙的地方。

他感到心灰意冷，就在這個荒涼的地方待了下來。他熟悉各種植物的藥用和食用價值，保證身體的溫飽和舒適根本不是問題，本來他可以繼續研究巫術，但他已經無意於此，把白天大把的時間用來練習劍術。這成了我們的傳統，你可以看見我們每個人都劍不離身。時間久了，他也感到寂寞，他就想著要建立一個國家。神祇知道了他的想法，暗示他想法可以實現，他可以不孕生子。他很好奇，心裡答應下來。但他沒有料到，在他還沒有任何準備的情況下，他的雙肋之下誕生了兩個男嬰，而他也隨著男嬰的誕生而即刻死去。嬰兒在神祇的關照下健康成長，他倆秉承了祖先的性格、喜好和思想，身體健壯、高大、儒雅，心性孤僻、高傲，神祇將這個國家命名為丈夫國，丈夫國裡只有男人沒有女人，一個男人兩肋生子後都會即刻死去。現在，你們應該知道我為什麼說我是一個即將死去的人，因為今天晚上我就要因為生子而死去，但我不願意死去。」

男人講得動情，伯益他們聽得仔細。伯益聽出男人的憤懣，便問道：

「你不能不生嗎？」

「不生？」男人情緒敗壞地回答，「這個由不得自己，我們會在夢中猝不及防地得到消息，告知在第二天的夜晚完成生子任務。我多麼希望能像一個真正的大丈夫，仗劍走天涯，建立豐功偉業，可是，神祇規定我們不能離開這個鎮子半步。」

伯益無言以對，他想到這些事情既然為神祇控制，人就無能為力了。不過，他決定見到大禹王後，要把這個情況告訴他，建議大禹王請求神祇解放他們，讓他們能夠為天下做些有益的事情。想到這裡，伯益告別男人返回客棧，吩咐馬車夫把車套好，即刻出發。

魚的故事

伯益的牛車停靠在湖水邊，湖水一望無際，天邊的晚霞灑在水面上，顏色光怪陸離，最遠處水面像堆積著厚厚的顏料，明顯比近處高出許多，也讓人產生壓抑之感。

馬車夫揀一塊地勢稍低的地方，麻利地鋪好了被縟，邀請伯益先休息一會兒，然後轉身走向不遠處的幾棵樹，他要找一些稍微乾燥的樹枝燒火做飯。書僮取出漁網正要走向湖邊，身後傳來伯益的喊聲：「丘，我和你一起去。」

伯益和丘來到湖邊，脫了鞋挽起褲腿蹚進水裡，湖水暖暖的，湖底的軟泥托著腳掌很舒服，四條腿攪動得湖水「嘩嘩」地響著。「這樣會嚇走魚的。」丘把腳步放輕放慢，轉頭對伯益說。「沒關係，魚裡也有傻瓜。」伯益說，說完自己笑了起來。

果然不出伯益所料，丘把漁網撒進湖水中，停了不到一炷香的時間，快速收起網來，網裡竟然有一條兩尺長的魚。「傻魚。」丘笑著說，「晚上可以美美地喝到魚湯了。」

丘把魚留在漁網裡，拖著漁網返身回到岸上。漁網和魚離開水面時，魚突然反應劇烈，翻捲著身體拍打著湖水，飛濺的水花中，魚的樣子看上去特別痛苦，還伴隨著怪異的聲音。

「等等。」伯益喊道，示意丘不要把魚拖離湖水。

魚安靜下來，在淺水裡張著嘴喘氣。一會兒後，魚突然開口道：

「謝謝。我一看你就不是漁夫，是一個深明大義的先生。先生，我不願意離開湖水，不是因為貪生怕死，我活得度日如年，巴不得快快結束生命。我留戀生命，是因為我的孩子，他是無辜的，他本來應該有自己的生活和前程，是我一時糊塗把他拖進了水中，即使我無法讓他擺脫這悲慘的命運，也應該一直陪伴著他。如今，我自投羅網，並不是為了離開水和我的孩子，是為了向先生傾吐我一肚子的苦水，看先生可有辦法幫助我的孩子。」

魚的聲音從水面冒出來，伴隨著一串串氣泡。

丘好奇地看著水裡的魚，又抬頭看看伯益，伯益做了一個安靜的手勢，然後輕輕地挪動雙腳退出水中，一屁股坐在岸上。丘也跟著伯益退出來，坐在伯益身旁。這樣，倆人可以更近地面對水裡的魚。

魚等伯益和丘坐好了，繼續講道：

「我本來是一個普通百姓，有一天帶著兒子走親戚回來，在山路上碰到了一個漁夫。他手持一隻巨龜，龜背有一尺見方，他說要把巨龜送給我們。我問他為什麼送給我們，他說他出門時決定把牠送給碰到的第一個人，我就是那個人。我沒有多想，就接了過來，打算回家趕快把牠燉了，給身體消瘦的兒子補補身子。回到家裡，我把龜掛在屋簷下。鄰院住著一個巫師，隔牆很低，他看見了懸掛著的龜，就把頭探過來衝我喊，『嗨，鄰居，把那隻烏龜放了吧。』我聽到喊聲，出了屋子，搖搖頭。一會兒後，巫師推開院門進來，指著烏龜說，『這是一隻神龜，有九條尾巴。』我湊近了看，果然見烏龜伸出的尾巴上，左右兩邊長著鋸齒一樣的四條小尾巴。我哈哈一笑，『你們做巫師的，總能找到特殊的理由。』巫師見我不以為然，提出要花銀子買走。我拒絕了。中午，我熬好了龜湯，香氣瀰漫到隔壁院子裡，巫師驚恐地提醒我，讓我晚上睡覺時小心。

巫師的提醒是有理由的。晚上，我聽到一陣大水流動的聲音，我以為是在做夢，但冰涼的水很快溢滿了屋子，浸入身體中。我和兒子醒來，被水流推湧著，就來到了這片湖水中，變成了兩條魚。現在，我聽見我的兒子已經尾隨我而來，在我身後驚恐地哭泣。」

伯益朝魚的身後看去，果然游過來一條一尺長的魚，用嘴唇觸碰著大魚的尾巴，動作顯得很緊張。

「先生，你有辦法把我的兒子帶走嗎？我實在不能忍受這樣的命運。」

伯益一路走來，遇到了好幾件這樣的事情，他很願意幫助他們，卻無能為力，他因此而深感慚愧。「看來我得想辦法和神祇們溝通。」他心裡想。然後對丘說：

「去找個器皿來，把小魚捉進去，和我們一起去見大禹王，請求大禹王想辦法解救他。」

大魚聽到了伯益的話，立刻翻滾著要躍到岸上來。伯益急忙說：

「魚兒，別這樣，你盡可以游回到湖中，去接受和完成你的命運。我答應帶著你的兒子去見大禹王，大禹王和神祇可以自由往來，他會有辦法的。」

這時候，馬車夫已經點著了火，在那邊喊丘快過去。丘跑了過去，不過，他很快返了回來，手裡端著一個瓦罐。

他們重新上路時，丘懷裡抱著那個瓦罐，瓦罐裡盛著湖水，水裡那條魚安靜地伏在罐底，他不知道，命運將再次把他帶向哪裡。

伯益見到了大禹

伯益見到了大禹，大禹扳住伯益的肩膀，興奮地左瞅瞅右看看，不住地說著：

「終於把你盼來了。」

伯益見心目中高貴的大禹這樣平易近人，把自己當成一個親近的人，心裡熱乎乎的，他立刻請纓有什麼可做的。大禹讓他先休息，把治水方案了解後再作打算。

第二天，伯益去見大禹，後面跟著丘，丘懷裡抱著瓦罐。大禹很好奇，伯益指著瓦罐裡的魚，把魚的故事講了一遍，接著，他又把石人和丈夫國的事情也一併講了。他請求道：

「那個力大無窮的石人，丈夫國的男人們，都可以讓他們來幫助我們。這個水罐裡的魚還是個孩子，我可以培養他成為一個好的水手。另外，我打算去附近的深山峻嶺裡走上一遭，給我們找一些幫手。」

大禹王爽快地答應了伯益的請求。

幾天後，伯益從山裡回來，帶回來一頭豹子、一頭老虎、一頭熊和一頭熊羆。他帶著牠們拜見大禹，說：

「這四頭動物都力大無窮，也不乏智慧，我說服了牠們，牠們願意為大禹王服務。不過，牠們有一個條件，要求事後把牠們的名字和事蹟載入史冊。」

伯益話一說完，那四頭高大勇猛的動物，就都把熱切的目光轉向了大禹。

「沒有問題。」

四隻動物興奮地歡呼起來，聲音像雷聲滾滾而來。

大禹接著說：

「伯益，石人已經來了，確實力大無窮，丈夫國的事要稍後一些時間處理。另外，那個孩子已經從瓦罐裡跳了出來，看上去非常聰明伶俐。」

大禹話音一落，從屋子外面走進來一個少年，雖然身材瘦弱，但渾身透著機靈勁。他走到伯益面前，跪在地上，深深地向伯益一拜。

「起來吧，」伯益跨前一步，把少年扶起來，「以後好好學習本領，跟著大禹王幹一番大事業。」

自此，伯益開始了輔助大禹治水的艱辛生涯。

西王母坐在自己的宮殿裡，看見大地上在肆虐的洪水間奔走的大禹，看見大禹消瘦、疲憊的面容，心裡頓時升起來憐憫和關心。大禹本來身體魁梧，現在卻像竹竿一樣，一陣風就能把他吹倒；大禹原本光滑、飽滿的臉龐塌陷下去，像泄了氣的皮囊。他的衣服破舊而布滿了窟窿，顯然身旁沒有可以料理他生活起居的人。此刻，大禹正在準備疏導淮河，他帶著忠誠的副手伯益巡行在塗山一帶，他已經考察了地勢，確定了水流改道的位置和方向，也勘探到哪裡有適合的石材。現在讓他最頭疼的是，找不到最好的工匠和大量的勞力。

西王母的座前，或站或臥著她寵愛的神獸九尾狐和神鳥三足烏，還有白色的神兔和神蟾蜍，這些優雅、祥瑞的神物，體察到西王母的心思，立刻聚攏過來聽候差遣。「九尾狐，你去幫助大禹，把塗山這邊的工程完成。」西王母鄭重其事地說，「完成之後，你的名字將隨著大禹的英雄事蹟而傳播。」

幾天後，穿越過一片荊棘叢生的山林後，大禹的衣服被徹底撕成了布條，乾癟的缺少營養的肌肉暴露出來。伯益的衣服也好不了多少，但他看著狼狽不堪的大禹，關切地說：

「大禹王，你該成個家了，這樣，你就有換洗的衣服，有關心你的人了。」

大禹聽了，認真地看著伯益。

「況且，你也該有自己的接班人啊。」

大禹想了想，不禁點了點頭。

倆人爬到一座山崗上時，望見了遠處有一片桑樹林。大禹長長地舒了一口氣，仰頭大聲喊道：

「我是大禹王，我準備娶妻成家，天下必有最好的女子願意嫁給我。」

大禹的身體雖然孱弱了許多，但聲音依然如洪鐘一樣響亮，傳到很遠很遠。

倆人準備登上左側更高的山崗時，遠處那片桑樹林裡傳來了一陣歌聲。伯益對語言非常精通，他來這一帶不到十天，對這一帶的風土人情已經非常了解，對這裡的方言也能聽得懂。大禹把頭轉向伯益，等待伯益解釋那邊在唱什麼。

伯益一邊側耳傾聽，一邊一字一句地解釋：

「綏綏白狐（孤孤單單走來的白色狐狸，美麗而賢惠），

九尾龐龐（九隻毛茸茸的尾巴又肥又長），

成家成室（誰要把我娶回家，愉快地生活在一起），我造彼倡（我會帶來吉祥、幸福和事業的昌盛）。」

伯益等大禹聽清楚了，繼續說道：

「大禹王，我們過去看看。」

兩個人快步走向桑樹林，近了，看見林中有十幾個年輕的女子，一邊吟唱著上面的歌謠，一邊翩翩起舞。她們雖然衣著樸素，卻掩飾不住婀娜的身材，尤其被圍在中間的那一位女子，面容姣好、高貴，身體隨著歌聲旋轉時，身後似有幾條尾巴在優美地擺動。她們見遠處走來兩個人，便停止了舞蹈和歌唱，有序地站在中間那位女子兩邊。

「姑娘們好！」伯益用本地方言喊道。

「兩位是？」站在一邊的一個女子問。

伯益閃在一旁，讓大禹面對著大家，然後介紹說：

「這位是大禹王，來這裡疏導淮河。我是伯益，大禹王的隨從之一。」

「大禹王！」女子們驚訝地喊道。從口氣中可以聽出，她們對「大禹王」並不陌生，但又充滿了疑惑，「大禹王不會是這個樣子吧？」

伯益趕緊解釋說：「姑娘們，這位確實就是天下聞名的大禹王，只不過因為治理水患而四處奔波，勞累成了這個樣子。」

這時，伯益發現中間那位女子一直打量著大禹，便向她問道：

「請問姑娘，妳們是？」

那位姑娘揚起白淨的臉來，微微點頭算是還禮，然後回答道：

「我叫女嬌，她們是我同村的姐妹。大禹王的英名我們早有耳聞，我們這裡常年受暴雨和洪水侵害，百姓苦不堪言，早就期待著大禹王快快到來，讓淮河不再淹沒莊稼和村莊，讓百姓過上安穩的日子。」

女嬌的一席話，讓大禹聽得精神倍增，同時，也對女嬌產生了好感。

「女嬌姑娘，大禹我為黎民百姓即使需要付出生命也在所不辭。」大禹激情澎湃地說，「這一帶的溝溝坎坎，我和伯益已經都摸過了，要讓淮河不再氾濫，唯一的辦法，就是把塗山劈開，讓出一條道來，讓淮河順流而下。不過，要劈開塗山，就憑我們兩個，是萬萬做不到的。」

「大禹王，」女嬌眼睛一直盯著大禹，等大禹把話說完，她誠懇地說，「你隨我們到村裡去，我父親和鄉親們肯定願意幫助你。」

大禹和伯益受到村民們的熱情招待。第二天，伯益向女嬌的父親提出，大禹願意娶女嬌為妻，女嬌的父親滿口答應。

大禹要娶妻成家的消息立刻傳開。塗山一帶屬東夷部落，東夷部落的首領知道了消息，立即帶著全體部下趕來。東夷部落最早的首領是皋陶，皋陶是舜帝手下的賢臣，掌管交易和刑法，是法律和監獄的建立者。現在的首領來到大禹面前，大禹把治理淮河的計畫對他說了，並提出需要大量的能工巧匠，首領點頭稱是，表示全部落的人都願聽大禹派遣。

大禹的婚禮簡潔而神聖。西王母乘坐三足烏翩然而至，她送給這對新人的禮物是一個預言：「你們的兒子，是一個偉大的君王，他將開啟一個輝煌的時代。」隨後，她命令群鳥在天空鳴唱，同時，鮮花雨點般飄落在新娘的肩頭。最後，她告誡大禹，要愛惜和善待女嬌，切不可讓她受到驚嚇，否則她會變成石頭。

婚禮結束後第四天，東夷部落的能工巧匠集結待命，大禹告別妻子女嬌，立即奔赴治水第一線。塗山地勢險峻而複雜，大禹決定翻過塗山，從塗山山勢較緩的那邊開始，在山中間開出一條河道來。這樣，塗山就隔在他和女嬌之間，「打通塗山的那一刻，就是我和女嬌再見的時候。」他暗暗激勵自己。

打通塗山的工程並沒有想像的那麼容易，掀開山坡上的植被，裸露出來的岩石讓石匠們發愁。岩石堅硬而巨大，幾十步內沒有可以插入工具的縫隙，錘子砸下去，只見火星四濺，石頭卻完好如初。但大禹並不放棄，他一錘一錘地砸下去，眾石匠也跟著一錘錘砸下去，一天下來，石頭上只布滿了雞蛋大的坑。這樣堅持了半月有餘，大家徹底泄了氣，有的石匠有了離開的打算。

這天深夜，大禹見石匠們睡著了，就披衣起身。伯益也默默地跟在大禹後面，他們一前一後走出臨時搭建的帳篷。來到工地上，倆人看著遍地狼藉的工具，彎腰把它們整理在一起。這時，月光很好，灑到石頭上那些大大小小的坑裡，像一窪窪亮晶晶的清水。

「伯益，我要請求神祇賜我開山的工具。」大禹說完，立即清理出一塊乾淨的地方，筆直地站立著，仰頭向著月亮。伯益站在一旁，虔誠地閉上眼睛。

寂靜。寂靜。更深的寂靜。

黎明降臨的時候，有一顆星星緩緩地落下來，在快要接近地面時，光亮變得特別刺眼，大禹被刺得不禁閉上了眼。大禹感覺那顆星星掉在了面前，光亮也跟著熄滅了。他睜開眼睛，看見面前的岩石上落著一把斧頭，斧刃深深地嵌入岩石中。一米長的斧柄輕輕搖晃，上面因為常年使用，留下的手指的握痕非常清晰。大禹走過去，手放在那兩個握痕上，用力往外拔，第一次沒有成功，第二次卯足了勁才拔了出來。

「伯益，快過來，這斧頭上有一個字。」

大禹叫道，伯益趕快走過去，把臉湊近斧刃，他感到一股涼氣襲來。

「這是一個『吳』字。」

「『吳』字？」大禹表情凝重，「是月宮裡吳剛的神斧。他只是借我們用一段時間，到時還會收回去的。」

神斧握在手裡異常沉重，沒有一定的臂力連提都提不起來。

伯益試著去提，神斧在他手裡重如千斤。大禹提起神斧，走近一塊壁立的巨大岩石，示意伯益離遠後，揮動神斧劈了下去，只聽一陣雷鳴樣的聲音，接著岩石裂開，碎裂的石子飛濺，落在地面後又是一陣劈哩啪啦的聲音。大禹見神斧如此厲害，一掃近日來的鬱悶，揮動雙臂朝著眼前的巨石一陣猛劈。一袋煙的工夫過去，大禹的眼前就開闢出一條走廊來。

等大禹感到疲累了，停下來，拄著斧頭回頭一看，石匠們黑壓壓地站著。他們被大禹斧劈岩石的聲音驚醒，站在大禹的後面已經很久了。

開山的工作熱火朝天地開始了，大禹選出幾十個力氣大的石匠，神斧不休息，石匠們輪流著揮斧劈石，一個劈累了，另一個接著劈，如此循環，夜以繼日。這樣，近十個月過去了，寒來暑往，塗山被劈開了一半，劈出的河道可以並排走過十輛馬車。大禹意識到歸還神斧的日子快到了，又焦急起來。

晚上休息時，他對伯益說：「我們的進度太慢了，得再想想辦法。」

伯益沉默了一會兒，說：

「唯一的辦法，就是去求求山神。」

大禹堅決地點點頭。

就在大禹帶領工匠們埋頭苦幹的日子裡，塗山另一邊的村子裡，女嬌日夜思念著丈夫。她已經懷有身孕，她盼望著在寶寶出生時，丈夫能回到自己身邊。她曾經幾次捎話去，但每次都沒有下文。她也聽說丈夫曾經三次路過家門，但都沒有停下來回家看上一眼。她沒有抱怨，只是經常站在門前，盼望著能夠看到丈夫歸來的身影。

路過的神祇看到了這一幕，禁不住詠嘆道：

「候人兮，猗！」（等候丈夫歸來啊，一直等候！）

在寶寶快要出生的前幾天，女嬌終於下了決心，偷偷溜出家門，僱了一駕馬車，繞著山腳的路去尋找丈夫。兩天後的上午，她的馬車停在了工地前。工地上，敲擊岩石的聲音震耳欲聾，女嬌問大禹在哪裡，有人指著河道的深處說在裡面。

女嬌沿著開掘出的坑坑窪窪的河道朝裡面走去。走到裡面時，她感覺那些埋頭敲擊著岩石的背影有些不對勁。她朝著一個背影喊：

「大禹王！」

一個身影轉過頭來，她看見的是一個狼頭。驚恐中，她繼續喊：

「大禹王！大禹王！」

聽到喊聲的身影轉過頭來，有的是狼頭，有的是野豬的頭，有的是老虎的頭……

「大禹王！」

一個熟悉的身影轉了過來，是一顆熊的腦袋。

「女嬌，妳怎麼來了？」

熊驚訝地叫道，一邊向女嬌走過來。

女嬌驚恐萬分，轉身拔足就跑。熊見狀，「女嬌，女嬌」地喊著，一邊在女嬌的後面追上去。女嬌跑出幾十步後，被腳下的石頭絆倒，倒在地上。這時，那頭追在後面的熊也停下了腳步，一臉驚詫地愣在一旁。地上，倒下的女嬌已經變成了一塊石頭，依稀還能夠看出人的形狀。熊大聲痛哭，身體抽搐著，也漸漸變成了人形，變成了大禹。聞訊圍過來的那些狼、野豬們也變回了人形，那個長著虎頭的變成了伯益，扶住快要被悲傷擊倒的大禹。

原來，那天大禹和伯益一同去找山神，尋求加快工程進度的辦法。山神提議，他可以把工匠們變成勇猛的動物，這樣手足可以變得鋒利，力氣可以增加十倍，於是，大禹變成了最有力氣的熊，伯益變成了爪子最為鋒利的老虎……

大禹在伯益的安撫下，心情漸漸平靜下來。這時，伯益突然說：

「大禹王，你聽，這塊石頭裡面好像有聲音。」

伯益指著女嬌變成的石頭。大禹凝神諦聽，果然聽到裡面似乎有嬰兒嚶嚶的哭聲。

「快打開！」大禹喊道，「輕點，輕點！小心，小心！」

石頭被小心翼翼地打開，一個健康的嬰兒哭喊著誕生了。

「就叫他啟吧，願他長大後，能夠成為一個賢德的君王，開啟一個偉大的時代。」

大禹高聲對著天和地說道。

西王母前傳

英雄不問出身，神也不例外。

在狼蟲虎豹橫行的蠻荒地帶，活躍著這樣一個動物，牠蓬亂的頭髮像刺蝟的刺，牠長著老虎的牙齒和豹子粗硬的尾巴，牠喜歡嘯叫，嘯叫聲有時震耳欲聾，有時淒厲如刀刃之寒光。牠身手敏捷，心狠手辣，喜歡生食孔雀的爪子、狼的眼睛和大象的尾巴。環繞著牠，有三隻紅腦袋的怪鳥，尖厲的嘴像一把剪刀，即使再堅硬的岩石，也能被砸個粉碎。

牠喜歡穴居，但居無定所，像是怕被仇家找到。牠就是西王母。

西王母有一個好朋友，是三首國的部落酋長。三首國的人，每個人肩上扛著三個腦袋，大小、形狀都不一樣，五官的差別更大，三張嘴可以同時說話，也可以閉上一張或者兩張，每張嘴發出的聲音也不一樣。西王母喜歡和這些人鬥嘴，贏了，興高采烈；輸了，就把對方的嘴縫住，而對方絕對不會拒絕或者反抗。「三張嘴太吵了，留下一張就夠用了。」部落酋長看著臣民的嘴被縫上，在一旁樂呵呵地對西王母說。被縫上嘴的人敢怒不敢言，只好捂著嘴離開。西王母還喜歡玩一個遊戲，把對方的三顆腦袋編了號碼，然後突然喊出一個號碼，這個號碼對應的腦袋必須馬上轉過來正對著他，否則對方就輸了。西王母贏了，當然興高采烈，輸了，對方就又遭殃了，對方必須割下那顆腦袋上的兩隻耳朵。這樣殘忍的遊戲當然得到部落酋長的認可，部落酋長會一直陪著西王母，有時自己也玩上一把。

三首國的人對西王母深惡痛絕，唯恐避之不及受到傷害。但是，還有比他們對西王母更恨之入骨的，就是那些孔雀、狼和大象。孔雀經常會遭到怪鳥的突然襲擊，怪鳥張開剪刀一樣的嘴，瞬間就剪斷牠們的爪子、叼走，把疼痛和尖叫聲留給牠們。狼很警覺，逃跑的速度很快，但那三隻怪鳥會同時從三個方向攻擊，在牠顧頭顧不了尾的一瞬間，一隻眼睛就會被掏走，留下血肉模糊的眼眶，怪鳥得逞後即刻飛離現場。襲擊大象就簡單了，大象剛感覺到疼痛，自己的尾巴已經不翼而飛。沒有了腿的孔雀、獨眼狼和沒有尾巴的大象集結在一起，準備對西王母進行復仇。但西王母不僅居無定所，而且有三隻勇猛的怪鳥護衛著，牠們根本奈何不了西王母。況且，西王母身懷絕技，能夠把一頭大象舉起來，扔到幾百公尺開外的岩石上，把大象摔死。

西王母有三個讓自己極其滿意的護衛，又喜歡在三首國裡戲弄三首人，似乎對「三」特別感興趣。

西王母聽說有一個部落，地裡的莊稼經常被白鹿踐踏，因為白鹿奔跑的速度極快，部落裡的百姓對此束手無策。這消息一傳到西王母的耳朵，西王母就變得非常興奮，「走，我們為民除害去！」西王母帶著三隻怪鳥來到這個部落，埋伏在田地邊的草叢裡，等白鹿一出現，就衝出去擒住關進一個山洞。幾天下來，西王母生擒了三十隻白鹿。西王母坐在洞口，讓白鹿一個接一個從洞裡出來，出來一個，一隻怪鳥上去就從腿根處剪斷一條腿。三十隻白鹿就這樣忍受著疼痛，踉踉蹌蹌地邁著留下的三條腿亡命而逃，斷腿處的鮮血染紅了田野上的花草。看著眼前的這一幕，西王母嘯叫著在田野上狂奔。

西王母毒辣的目光也掃到了水裡的生靈。

山裡有一片幽深的湖水，湖裡密密麻麻游動著大大小小的烏龜，烏龜們悠然自得，夜裡就爬到岸上來，沐浴著月光休息。月光下，岸上亮閃閃的，那是龜背上的水在閃光。西王母的到來，破壞了這個幽靜安謐的世界。西王母勒令烏龜們聚集在一起，不聽話的就被怪鳥的嘴一夾一扔，被扔出去的烏龜一個壓著一個堆積成一座小山。接著，怪鳥們開始忙碌，牠們讓烏龜伸出腿來，「咔嚓」剪斷一條腿，然後順勢扔回湖裡。一旁，西王母津津有味地觀看著，似乎從中享受到莫大的快樂。直到湖裡再沒有一隻四條腿的烏龜，西王母才滿意地帶著怪鳥離開。

西王母聽說崑崙山附近老虎出沒，就帶上怪鳥前往尋釁鬧事。強悍的老虎並不像孔雀、狼和大象那麼好欺負，牠們雖然不能置怪鳥於死地，但怪鳥在這裡也討不到便宜，這反倒激起了西王母的鬥志。一次混戰中，西王母死死纏住一隻老虎不放，最終把這隻老虎生擒回自己藏身的洞穴。第二天，老虎被扔出山洞，牠只留下三條完整的腿，另一條腿已經被折斷，只是皮還連在一起。老虎趔趔趄趄地前行時，那條血跡斑斑的腿就拖在地上，像一截木棍在地上劃下痕跡。這隻老虎回到了其他老虎中間，幾十隻老虎聚集在一起群情激憤。

「看來得上一趟崑崙山了。」一隻老虎提議。

夜幕降臨後，果然有一隻老虎迅捷地奔上了崑崙山。

西王母並不想停止惡作劇，但老虎們聚集在一起，以不動應萬變，西王母一時無計可施。幾天後，西王母再次出現在老虎群面前時，發現老虎群前站著一個怪異的人，說他是人，是因為他有一顆碩大的人的腦袋，身體卻是老虎的。這個人身軀有普通老虎的兩倍大，粗壯的尾巴翹起來，分出九個支叉。

「你是什麼東西，人不人，虎不虎。」西王母輕蔑地挑釁道。

「果然不知天高地厚。」那人身影不動，聲音如雷聲從嘴唇邊滾出。

西王母的身體被聲音震得有些顫抖，意識到遇到了對手。西王母揮揮手，三隻怪鳥立即展翅飛出。與此同時，那人輕輕張開嘴巴，嘴巴裡突然衝出三隻鳥來，不過，這三隻鳥很小、很普通，牠們分別直接迎向三隻怪鳥。三隻怪鳥張大了嘴巴，想把三隻小鳥吞進去，卻不料三隻小鳥在快要碰到怪鳥的嘴巴時，突然變了方向，筆直地射向天空。三隻怪鳥驚異之際，三隻小鳥已經又快捷地落下來，伸出的尖厲的嘴像釘子一樣釘入怪鳥的腦袋中。這一連串行動像閃電一樣，在一瞬間完成。三隻小鳥從怪鳥的腦袋裡飛出後，三隻怪鳥立即倒在地上，一陣抽搐，細腿一蹬，沒有了性命。

西王母大駭，雙腿不自覺地一彎，跪在了那高大的虎身人面前。

「我是陸吾。」虎身人說，這次聲音弱了許多。西王母目瞪口呆，顯然不知道陸吾是誰。陸吾繼續說：「我在崑崙山上負責神祇們的起居和行程安排，還負責最大的花圃裡花草的生長。當然了，我也負責懲治普天之下任何一個為非作歹者。」

西王母意識到遇到了對手，當機立變道：

「大神陸吾，我願歸順。」

西王母說話的間歇，翻起眼皮望向陸吾。陸吾滿意地瞧著西王母，卻不料西王母像突然伸出的匕首，瞬間奔向陸吾，張開大嘴要咬陸吾的脖子。陸吾猝不及防。不過，從不知什麼地方斜著撞過來的一隻神獸，把西王母撞到了一邊。這是神獸土螻，陸吾的護衛之一。牠像一隻縮小了三倍的小羊，頭上長著四隻尖厲無比的短角，這四隻角在西王母的身上留下四個窟窿，讓西王母蜷縮著身體，打著滾，疼痛不已。

「如果真願歸順的話，可以跟著我去崑崙山。」陸吾的聲音像雷聲一樣從嘴裡滾出，說完轉身離開，土縷緊跟在後面。

西王母狼狽不堪地上了崑崙山。對西王母的懲罰和處理，神祇們分歧很大，有的認為應該直接處死，有的建議給西王母改邪歸正的機會。最後，後者占了上風。不過，為了懲罰西王母所犯的罪惡，並讓他收斂起野性，神祇們一致提議，讓他改變性別，由男性改為女性。西王母不得不接受。

天帝懸圃

陸吾住在崑崙山，每天忙忙碌碌地管理著高懸在崑崙山頂上的懸圃，也就是天帝的私家植物園。崑崙山上各種奇異植物數不過來，而懸圃上的植物更是奇中之奇，不過，陸吾很乖巧，他不管這些植物有什麼功能，只管把它們料理得枝繁葉茂。

崑崙山上的植物生長在岩石、泥土或水泊中，懸圃中的植物卻生長在常年不散的雲塊中。陸吾的主要工作就是調節雲塊的稀薄，也就是植物根部吸收水分的多少。這是一個很棘手的工作，太陽的運行、季節的變化由其他神祇掌管，陸吾必須和他們打好關係，不能讓太陽太強烈，以至於把雲塊蒸發，這樣的話，整個懸圃就會稀里嘩啦地落到崑崙山頂上。當然，這對陸吾來說，不是難事，他常常利用工作之便，把懸圃中稀奇的植物果實或者根莖，拿一些做禮物送給其他神祇。

送禮的任務就交給了他身邊的寵物。

土縷是他的寵物之一，牠原來是一隻長不大的羊，身體永遠定格在三個月的狀態。牠有一個惡習，從不吃草，飢餓時就偷偷降到人間去吃人。崑崙山上也沒有不透風的牆，牠的惡行被神祇告到了陸吾面前，陸吾護著土螻，承諾懲罰土螻。陸吾對土螻的懲罰，是默許牠可以在送禮過程中，把禮品拿一部分作為自己的食物。歪打正著，土螻不知道自己吃的是什麼，但從此竟然對食人沒有了興趣。牠原來跑得像風一樣快，吃了這些禮品後，速度竟然變得如同閃電，尤其是小小的頭頂上竟然長出了四隻短角，而且堅硬無比、鋒利無比。這樣，土螻也由寵物晉升為陸吾的護衛。

像土螻一樣因為送禮而改變命運的寵物，還有神鳥欽原。牠的樣子像是鴛鴦鳥，羽毛柔軟而光潔，踱步和飛翔時不急不緩，姿勢永遠是那樣優雅。他被選為送禮的使者，是因為神祇們都喜歡牠的樣子。起初，牠嚴守主人陸吾定下的禁忌，對運送的禮物從不過問。但土螻幫牠出主意，建議牠可以稍微把禮物取出一些來自己嘗嘗。欽原不敢，但在土螻的一再慫恿下，牠開始按土螻的建議來做。有了第一次，就有第二次，幾次下來，牠發現自己的身上竟然長出了密密麻麻的短刺，藏在柔軟的羽毛下面。緊接著，牠發現，只要有動物碰到了這些刺就立刻斃命，植物碰到了就很快枯萎，而且，這些刺完全聽從牠的控制，牠心念一動，刺就會跟著牠的心念伏在皮膚上，或者像刺蝟的刺一樣根根筆直地向外冒出。陸吾知道後，並沒有懲罰牠，而是把牠也晉升為護衛。

還有樹鳥，玲瓏剔透，吃了懸圃上的果實，長出六個腦袋來，比以前增加了六倍的聰明。

陸吾手下的寵物紛紛仿效，蛟龍、蛇、豹子，還有連名字都說不清楚的動物。一時間，陸吾的周圍，匯聚了數不清的靈獸、異獸，牠們都身懷絕技，力量超強，渴望著能為主人陸吾效勞。

地獄門神：神荼和鬱壘

神荼就像一個流浪漢一樣在大地上游蕩，他不知道自己的父親是哪一位神，也不知道母親是誰，是不是一位女神？他更像一頭猛獸，以大地為床，高天為屋頂，奔馳在雨雪風霜之中。曾經令他最為痛苦的是，他不知道活著的目的、意義，不知道生命的真諦在哪裡。他曾經愛上一頭牝鹿，那是一頭美麗的梅花鹿，皮膚光滑，散發著柔和的光澤，但很快他就厭倦了。接著，他在橫渡一條大河時，遇見了一個野蠻的女孩，她有著獵豹一樣的皮膚，也有著獵豹一樣的脾氣。神荼無法制服她。在一個雪花飛舞的冬天的早晨，女孩像一片雪花一樣消失了。在以後的日子裡，他無時無刻不在想念著這個獵豹一樣的女子。痛苦讓他找到了生命的意義和價值。他返回大河之畔，但獵豹一樣的女孩已經不知去向，於是，他開始了在大地上尋找，有時興奮，有時沮喪，有時甚至抱著一棵參天大樹放聲大哭。

這天，他來到了度朔山下，遇見了鬱壘。在鬱壘面前，神荼就像是哥哥，他倆有著一樣精緻而剛毅的面孔，一樣結實得像岩石的身體，一樣的身高，像兩棵高大挺拔的松樹，只是神荼一臉憂鬱和慘白，鬱壘的臉卻像是春風拂過湖面，滋潤、蕩漾。鬱壘也是一個神子，他的父親是雷神。不負責任的雷神在播下他這顆種子後再沒有出現，於是，他在母親的庇護下長大成人。鬱壘飼養著上千隻老虎，他從山上邁著大步走到平坦的路面時，看到了躺在一塊石頭上熟睡的神荼。他覺得眼前的這個人似曾相識，有種說不出的親近感，他停下了腳步。

一聲斑鳩的叫聲驚醒了神荼。神荼揉揉眼睛，看見了站在自己面前的鬱壘。此刻，他內心產生的感覺與鬱壘一樣。

「你是？」神荼驚訝地問。

「我是鬱壘，你呢？」

「我是神荼。」

於是，兩個人拉著手一起回到鬱壘的家，度朔山下一個開闊的院子裡。

接下來發生的事情讓神荼一時間亂了方寸。

鬱壘招呼妻子給新結交的朋友倒水，鬱壘的妻子從屋子裡出來，抬頭就和神荼的目光碰在一起。鬱壘的妻子竟是那個令神荼痛不欲生的、獵豹一樣的女子！

神荼張著嘴巴愣在那裡，女人也認出了神荼，手捧著一隻盛滿冷水的大碗，怔怔地站在神荼的面前。

「你們認識？」鬱壘問。

神荼點頭，女人也點點頭。

度朔山的夜晚降臨了，山腰上群虎嘯叫，山頂上群鬼尖叫，鬱壘邀請神荼一起住在一個屋子裡。

「度朔山是冥府之一，府門在山頂上，經常有厲鬼受不了冥府的煎熬，想方設法逃出來，卻不料半山腰布滿了凶猛的老虎，祂們就全部成了老虎的食物，永無再生之日。我的任務是飼養和管理老虎，但老虎是世界上最難管理的動物，我為此經常精疲力竭、焦頭爛額，所幸我有一個勤快而聰慧的妻子，她幫了我不少的忙，她也讓我常常滿心歡喜。但是，我在一個夢中得到預言，說我將在近日邂逅我的兄弟，難道你就是預言中我的兄弟嗎？」

鬱壘說完上面的話，仔細端詳著神荼，讓神荼有些不好意思。

「我們的外貌是如此相似，一見面就有說不出的親近，母親也說過，她為了追求雷神，曾經把一個兒子丟棄在大地上。」

鬱壘繼續說著，走到神荼的背後，拉下神荼的上衣，露出神荼岩石一樣的脊背。在脊梁的中間部分，有一塊嵌在肉裡的藍寶石，指甲蓋一樣大，幽幽地發著光。鬱壘把手指觸在藍寶石上。

「神荼，你這裡是不是常常有疼痛感？」

「是的，但不是經常。」

「這是母親給你嵌進去的，一來作為記號可以找到你；二來，她在強烈地想念你時，會讓你這裡有疼痛感，以此作為母與子唯一的感情傳遞。」

神荼愣了一會兒，他突然問：

「那，那個女人……也就是我的……母親，她現在在哪裡？」

鬱壘重新站在了神荼的對面。

「她消失了，她在我擁有自己的妻子的那一天，告訴我她又自由了，然後就風一樣地刮走了。說到我的妻子，你們認識？是怎麼認識的？」

這對於神荼來說是個難題，但他最終還是一五一十把一切講了出來。

「我愛她，雖然我連她的名字都不知道，我的生命的意義就在於找她，然後再也不離開她半步。」

神荼艱難地說出了上面的話，目光盯在鬱壘的眼睛上。

「這難道就是預言中的災難？」鬱壘痛苦地喊叫起來，「它這麼快就降臨到我的身上。」

「什麼災難？」

「預言說，我的兄弟將與我爭奪一件寶物，我的寶物就是我的妻子。」

「是啊，她也是我的寶物。」神荼喃喃自語道。

鬱壘和神荼不歡而散。鬱壘回到妻子的身旁，把神荼一個人留在屋子裡。是夜，兩人都沒有入眠，度朔山頂上厲鬼的叫聲此起彼伏，異常淒厲與恐懼。

那個獵豹一樣的女人名字叫戚，沒有人知道她的出生和來歷，她像動物一樣在大地上遷徙和生活。她桀驁不馴，但遇到鬱壘後卻收斂了許多。她喜歡待在這裡，還有一個原因，是度朔山上的老虎，她和牠們奔跑、嬉戲，感到特別放鬆和愉快，因此，她答應做鬱壘的妻子並待了下來。

神荼的到來沒有引起她的苦惱和為難，因為她並不愛神荼，更不知道神荼把她當作了生命的意義。因此，她見到神荼時只是感到一絲驚訝，很快就恢復了平常的心情。

白天，鬱壘把神荼的身世告訴了戚，並直言不諱地告訴她，神荼對她一往情深。戚告訴鬱壘，她並不愛神荼。這讓鬱壘放下了懸著的心。只是神荼日日熬煎著，最後他決定離開這裡。

當神荼的身影消失了好幾天後，鬱壘徹底放心了。「看來那個可怕的預言不攻自破了。」

他望著熟睡中的戚，她的臉像水面一樣澄淨，嘴角像月牙一樣向兩邊微微翹起，他禁不住開心地笑了。

度朔山下恢復了往日的寧靜祥和。

但這樣的日子沒有維持多久，神荼又出現了。他在山腳下一個僻靜的地方攔住了鬱壘，鬱壘竟然沒有認出他來。他變了，變得像一個營養不良的乞丐，疲憊、憔悴，眉宇之間透出強烈的痛苦，連他的聲音都變得細如游絲：

「鬱壘，我忘不了戚，所以我回來了。我想好了，我們兩個之間必須來一場決鬥，一個死一個生。」

神荼的聲音雖然細而弱，但鬱壘聽得出來，這是一場無法避免的決鬥。況且，還有那個沒有實現的預言。

「好吧。」鬱壘冷靜地說。

決鬥沒有在度朔山下進行。鬱壘回家告訴戚，說他有事要出一趟遠門，很快就會回來。他說這話時，其實內心沒底，因為他無法在戚和神荼之間做出選擇。

鬱壘從山上牽下兩隻老虎，兩人分別騎在老虎背上。

「這兩隻老虎同母異父，就像我們兩個。牠們把我們馱在哪裡，我們就在哪裡決鬥。」鬱壘說完，拍拍座下老虎的腦門，兩隻老虎便一前一後風馳電掣般離開度朔山。

當老虎筋疲力盡地倒在地上時，神荼和鬱壘發現，他們來到了一座白雲繚繞的大山之巔，這裡的景緻與度朔山完全相反，泉水潺潺，草木高大而茂盛，百鳥鳴叫，百花齊放。但優美的景色無法平息神荼心中的悲傷，他渴望決鬥快快結束，也讓心中的熬煎有個了結。

兄弟倆約定，決鬥中不借助任何武器，不說話，不補充食物和水分，不休息，一直到第一個人倒地身亡為止。

兄弟倆在這邊決鬥，度朔山那邊卻亂了套。鬱壘不在，戚感到無限的自由，她示意老虎們可以離開度朔山，去更大的世界遊蕩，她也騎上她最寵愛的老虎絕塵而去。

度朔山上沒有了鬱壘和老虎，冥府的厲鬼們開始成群結隊地逃向各地，牠們為非作歹、作亂擾民，一時間大地上的夜晚變得極不安寧。

消息傳到了天庭，天庭震怒。此時，神荼和鬱壘已經爭鬥了三天三夜，兩人筋疲力盡，但誰也不肯先行罷手。突然間，一陣狂風捲來，把兩人像草芥一樣捲得無影無蹤。狂風停歇，神荼和鬱壘睜眼一看，發現自己回到了度朔山上。不過，兩人分別被嵌入了冥府兩扇巨大的門板上，一左一右，他們掙扎半天，卻無力掙脫。這時，一個威嚴的聲音從天庭傳來：

「神荼和鬱壘，你們的自由將被永遠剝奪，你們也因此獲得永久的職位：門神。」

女丑之屍

天上的太陽增加到九顆時，大地已經變成了焦土，樹木枯死，裸露的枝杈倔強地向上伸起，花草和莊稼都化成了灰燼。百姓們躲在泥皮屋頂下，苟延殘喘，絕望地度著日子。

糧食還有積蓄，儲存在地窖裡，但飲水是最可怕的問題。河流裡的水快速地蒸發著，山泉一冒出泉眼，還來不及流淌就變成了蒸汽。牛羊在圈裡喘息著，因為乾渴，身體裡的力量幾乎消耗殆盡，像一攤攤泥一樣癱在地上。人們不知道天上發生了什麼事情，起初還聚集在一起發表議論，後來都躲進了屋子，再後來，人們陷入絕望，便賴在了屋子裡，誰也不關心別人的生死，誰也不知道別人的生死。

大地在燃燒中急速地走向死亡。

少女女丑在第三顆太陽出現在天空時，就預感到一場大災難將降臨大地。女丑是女巫，她獨居在叫丈夫山的山巔之上，她住的草棚前大樹的樹枝上垂下一根草繩，上面有十三個碩大的繩結，記錄著她在這座山上已經度過了十三個年頭。在這十三年裡，無論寒霜雨雪，無論電閃雷鳴，她都會在規定的時辰修行，剩餘的時間則用來觀察大地上的植物和動物，觀察天空的日月星辰，以領悟和參透萬物之恆定及變化。丈夫山高聳入雲，很少有人能夠爬得上來，因此女丑從來沒有見過一個人。

十三年前，一個女神把一隻竹籃放在了山巔，女神離開時，籃子裡響起了一個女嬰的哭聲，這個女嬰就是女丑。女丑自己長大，像一個動物，但她長成了一個楚楚動人的少女。她每隔一年都要做一個奇怪的夢，夢中，一個威嚴的女人會告訴她一年裡要做的事情，夢醒前，這個女人會重複地告訴她，十四年後，她會來接她下山。「下山，一定是一件最好的事情，山下，一定是一個更加美好的世界。」她每次想像山下的世界，內心都會湧起來莫名的激動。

秋天剛到，女丑就迫不及待地在草繩上打了一個虛結，但第二天覺得不妥又解開了。她內心期盼著秋天快快過去，冬天也快快過去，這樣，下山的日子就到了。但是，她種在地裡的黍子剛剛抽穗，第二顆太陽出現在天空幾天後，黍子就因為沒有了水分的補給，耷拉著腦袋委頓在地上。第三顆太陽出現時，她發現樹林裡布滿了小動物的屍體。她還沒有足夠的法力預測未來，但她感到一場大災難即將降臨。於是，她開始把每天的修行改為祈禱，她向上天和神祈禱，讓那兩顆多出來的太陽趕快消失。

女丑的祈禱沒有任何作用，反而招來了警告。第五顆太陽出現那天，一束燒灼的光像一支箭，射在她的眉心，讓她有一瞬間的昏厥。昏厥中，她聽到耳邊有聲音警告她，別再祈禱，否則把她烤成一具乾屍。「這是誰的聲音呢？為什麼要因為一個虛幻的聲音而停止祈禱呢？」她清醒過來後想。

女丑繼續祈禱，而且加長了祈禱的時間，因為她看到山上到處是各種動物乾癟的屍體，樹木和花草已全部枯死，萬物即將化為灰燼。

地面開始燃燒，女丑的腳已被燙傷，十顆太陽依然向大地噴射著火焰。女丑祈禱時，一直都保持著迎向太陽的姿勢，但這次，灼熱讓她抬不起頭來，她不由得伸起左手臂，試圖用樹葉般大小的手掌擋住火焰。這時候，一個聲音像一股清泉一樣傳進她的耳朵：

「孩子，妳在人間的使命已經結束，妳的行為將得到獎賞，扔掉妳即將被燒焦的皮囊，隨我來吧。」

女丑聽見這個聲音正是夢中那個女人的聲音，這聲音繼續像清泉一樣澆遍她的全身。她的身心頓時感到清涼和愉悅，她跟著聲音像跟著母親，起身離開了地面。

從此，高大巍峨的丈夫山山巔之上，永遠留下了女丑站立著遮擋陽光的形象。

飛魚

魚在遠古時代是有翅膀的，牠們可以像鳥兒一樣在天空飛翔，甚至比普通的鳥如麻雀飛得更快更高。那時的天空，飛翔的不僅僅有鳥和魚，還有人和兔子，大家在天空相遇，就像在大路上相遇一樣，一邊飛一邊聊天。但發生了一件冒犯天神的事情後，魚的翅膀漸漸萎縮，聲帶也因為長久不用而退化，並且被迫只能在水中活動。

天神給鳥限制了高度，麻雀有麻雀的高度，雄鷹有雄鷹的高度。飛魚被限制在雄鷹之下，並且允許雄鷹等大鳥捕殺飛魚。飛魚對此極不滿意，牠們向天神申訴，牠們有足夠的能力可以比雄鷹飛得更高，如果被允許的話，也可以因此避開雄鷹的騷擾。但牠們的申訴屢次遭到拒絕，這也使牠們對天神懷恨在心。

飛魚的掌管者是雷神。雷神脾氣暴躁，發怒時閃電能把地上的任何東西劈開、燒焦。

這天，閒極無聊的雷神突發奇想，祂想看看如果一百隻雄鷹和成倍的飛魚爭鬥的話，結果會是什麼呢？於是，祂發出號令，讓雄鷹選出最勇猛的一百隻，讓飛魚選出最勇敢的兩百隻來，選一個風和日麗的日子比試一場。

消息傳開，最興奮的是雄鷹。雄鷹中最智慧的那一隻下令，被選中的雄鷹開始禁食，直到比試的那一天。飛魚中最智慧的那一隻，卻提出了一個大膽的設想，就是在比賽那一天，全部飛魚沉入海的最深處，讓比試泡湯。

雷神沒有看到祂夢想中的那一幕，暴怒中，祂抽出腰中的閃電之劍，一道道閃電射向大海，大海上的所有船隻都被捲入波濤之中，而飛魚躲在閃電達不到的海底，沒有受到任何傷害。雷神的震怒毀滅了海面上的所有船隻，岸邊生活的漁民也幾乎無一倖免。雷神因此受到了天庭的懲罰。

雷神重返神座後，放眼望去只要見到飛魚，就揮動閃電刺穿並燒焦牠們，而且樂此不疲。從此，飛魚被迫永遠躲在了水中。

比與翼的故事

比把用一把石鋤交換到的一匹粗布塞入上衣胸口，喜滋滋地埋頭搜尋集市上還有什麼，這時，一輛馬車從對面急馳而來。馬車高大、華貴，前面的馬匹像俊美的王子，昂著頭顱，因為在疾馳之中，馬鬃向後飄起，像迎風飛揚的黑色旗子。馬車上的馭者是一個年輕的女子，她的纖細的身姿和柔弱的面龐，和高大的馬車、勇猛的馬匹形成鮮明的對比。看上去，她極其興奮，但又極度擔心，因為眼看著她已經控制不住疾馳的馬車。

離馬車只有幾步遠的前方，一對母女並沒有覺察到即將來臨的危險，她們被街邊一棵樹上鳴叫的鳥吸引，母親伸著手指指點點，在告訴女兒關於鳥的什麼。她們站在街心，頭扭向一邊，神情異常專注，馭車的女子和街道兩旁預感到危險的行人的驚慌尖叫，都沒有把這一對母女從她們沉浸的境界中喚醒。

俊美的馬匹意識到了危險，在接近這對母女一步遠時騰空而起，試圖帶著馬車一起飛越而過。但是，裝飾馬車的貴重金屬，消解了馬匹使出的力量，整輛馬車懸在母女倆的頭頂，瞬間就要跌落下來，即將重重地壓在她們身上，把她們壓成兩片肉餅。

比被尖叫聲驚得抬起頭來，他離這即將降臨的死亡還有五十步的距離。他來不及多想，身體像彈簧一樣立刻彈起，又像一支離弦之箭向死亡的方向射去。他在一瞬間到達馬車之下，不過，就在這一瞬間，他變成了一隻巨大的鳥，用一隻門板一樣大的翅膀托住了馬車，然後用力一甩，馬車被拋起，在天空中劃過一道弧線後，重重地摔在一塊荒地上。馬車被摔得七零八落，兩個輪子滾進了旁邊的雜草叢中，馬匹倒在地上慘叫著，馭車的女子躺在地上沒有了聲息。

這邊，那對母女似乎預感到了什麼，把目光從樹上收回來，她們看到了站在身旁的比。比已經恢復了原來的樣子，像沒有發生任何事情一樣，他微笑著看著母女倆。

此時，大地上發生的這一幕，不僅被街道上的行人看到，也被天庭上的一個神祇所看到。祂是后羿，那個馭車的女子，是祂的眾多姐妹中的一個，名字叫女岐。女岐貪玩偷偷馭車溜下天庭，卻不料差點闖了大禍。不過，后羿並不因此感謝比，反而遷怒於比，認為比冒犯了祂的妹妹女岐。

女岐已經從昏迷中醒來。這時，比也奔了過來，他看見女岐要掙扎著站起來，趕緊過去扶起她的身體。

「別碰她！」

一聲怒喝從身後響起，比感到聲音像碎石子砸在他的後背上，他立即停下了動作轉過身來，他看見了一個怒氣沖沖的人，高大、勇猛，像一座塔。

「后羿哥！」女岐喊道。

「后羿？」比心裡一驚。

「你是誰？竟然不顧惜我妹妹的生命。」后羿冷冷地問。

比無言以對，他現在確實感到不安，如果這個馭車的女孩摔死了，他真的不知道該怎麼應對。

「我沒事的，只是昏迷了一會兒。」女岐走到后羿跟前，為比開脫道。發生了剛才的事情，女岐第一眼就喜歡上了這個年輕人。

「你是來自哪裡的鳥？」后羿繼續不客氣地問，他看到了比變成巨鳥的那個瞬間。

比本來對后羿充滿崇敬，但后羿一直表現出的傲慢，尤其是這種帶有歧視的口吻，馬上激怒了他。他轉移了目光，望著女岐說：

「姑娘，如果妳沒事的話，我就走了。」

女岐勉強地點點頭。

「慢著，還有那些馬呢！」后羿語氣更加強硬，每一個詞都像一顆射出的釘子。

比停下了腳步，他望向那幾匹還在掙扎中的馬，目光中充滿了歉意。

「后羿哥，你為什麼要為難他呢？」女岐從后羿的語氣中聽出了敵意，擔心地勸道。

后羿並不理會女岐的請求，祂跨前一步逼近比。這時，比倔強地抬起頭，毫不畏懼地把目光迎向后羿。后羿抽出了腰間的利劍，迅速指在比的喉結上，比只要稍微一動，劍尖就可劃破他的喉嚨。比身體未動，眨眼間整個人變成了一隻巨鳥，突然拔地而起，同時用一隻翅膀擊落後羿手中的劍。后羿猝不及防，手中的劍被擊落，惱羞成怒，一躍退出幾十步遠，取箭、搭箭、拉弓、射箭一氣呵成，一支亮閃閃的箭就射向比。眼看著箭尖就要觸到比的頭部，女岐也一躍而起，伸手一擋，在箭鏃穿過女岐手心的瞬間，比用力振翅逃過一劫。箭穿過女岐手心而去，女岐手上立刻血流如注。后羿沒有心情去追比，和女岐同時落到地上，祂從衣襟上撕塊布，把女岐的手包紮好了。

「妳為什麼要救他？」后羿既痛惜又不解。

「他不是故意的。」女岐回答。

那邊，馬匹已經立身站在地上，女岐吆喝一聲，馬匹跑了過來。

「回去吧。」女岐對后羿說。

比一口氣飛回到崇吾山上，這裡是他和妻子翼生活的地方。翼正在一棵樹下織布，枝頭的小鳥嘰嘰喳喳像是在給她唱歌。比突然出現在她面前，讓她吃了一驚，她看到比神色慌張，兩翼竟然沒有收攏起來。她立刻站了起來，環視四周，並沒有什麼異樣。這是連綿不絕、險峻環生的崑崙山脈中的一個小山峰，這裡只住著他們夫妻二人，平日裡除了鳥獸光顧，幾乎沒有任何人來造訪過，他們也不喜歡和人打交道，只有需要補充必要的生活用品時，比才一個人去往鬧市採購。

「發生了什麼事情？」翼問。

「我們得趕快離開這裡。」

「為什麼？」

「先走，路上告訴妳原因。」

翼離開織布機走向屋子，比攔在她面前。

「走吧，什麼也不用帶了。」

「我總得帶幾件衣服吧。」

比讓開身體，翼快步走進了屋子。翼走出屋子時，院子裡已經多了一個人——后羿。

翼並不認識后羿，但后羿手持一把閃著寒光的劍指著比，比卻毫無反抗的意思，她看到這一幕，心裡已經判斷出比惹下了大麻煩。后羿見翼從屋子裡出來，用劍一指，示意她走到比身邊去。翼順從地走過去，抱住了比的一隻手臂。

「我妹妹說了，她願意下嫁與你，如果你願意娶她為妻，我就饒你一命。」后羿說。

比從后羿的口氣裡聽出，他是拗不過妹妹才勉強這樣決定的。翼聽了不解地扭頭望著比，想知道事情的來龍去脈。比沒有解釋，手臂肘輕輕碰一下翼，讓翼把抱著自己的手臂鬆開，翼領會到比的意思，裝著不是故意的樣子鬆開了手臂。

「我沒有太多的時間等待，馬上回答我。」

后羿的聲音冷得可怕，樹上的鳥也屏住了叫聲不敢飛走。

這時，比和翼眼神一碰，立刻騰空而起，身形在瞬間變成了兩隻巨鳥。后羿彷佛早料到了這一招，竟然早一步飛到了比和翼的上空，「刷刷」就是兩劍。這兩劍準確地從比和翼的腦袋正中刺下，把比和翼的身體劈成了兩半，兩人中間的一半同時落在了地上，但是，另外一半，一左一右竟然奇蹟般合攏在一起，振動著兩扇巨大的翅膀繼續翻飛。

后羿望著眼前的這一幕，一時失神跌落下來。而比和翼越飛越高，很快飛離了后羿的視線，飛進一個悠久而永恆的傳說中。

土地的故事

我們的土地神沒有名字，在民間人們叫他「土地公」，這名字土裡土氣，倒是符合祂的身分，但與祂的形象反差極大。土地神不是一個老頭，更沒有白花花的鬍子，祂是一個年輕的、精力旺盛的神，祂有著一張英俊的面龐，祂的皮膚隨四季的變化而變幻色彩。祂的性格像土地一樣，沉默、慷慨和無私。

最初女媧創造萬物的時候，並沒有給植物再生的能力，但土地的請求得到女媧的首肯，不過有一個苛刻的條件，卻為所有生靈所不知。

「你需要把所有再生植物的記號刻在一塊岩石上，刻好後來找我。給你一個季節的期限，期間你還要經歷一些磨難，不過，你一旦放棄你的想法，你的磨難也就會立刻消失。」女媧對土地說。

「是什麼磨難呢？」土地問。

「去吧，磨難自己會找到你的。」女媧揮手，土地被一陣烈風捲走。

烈風停止，土地跌落在大地上。祂放眼望去，大地草木蔥蘢，無邊無際。祂現在的首要任務，是先找一塊巨大的岩石，這塊岩石要能把所有植物的記號刻上去，祂的想法是不遺漏任何一種植物，哪怕是一棵不起眼的小草，一朵針尖一樣細小的花。祂看到遠處有一座高聳入雲的山，祂走了三天三夜後，來到山的腳下。祂向山裡的野獸打聽，知道這是靈山，山上有通往天庭的祕密通道。不過，土地對這祕密通道不感興趣，祂感興趣的是山上有沒有一塊天下最大的岩石。野獸們說，靈山上有一塊傾斜的峭壁，像水面一樣平展，但也像結著一層冰一樣光滑。土地在野獸的指點下，找到了這面峭壁。

一面巨大、平展而光滑的峭壁，幾乎筆直地出現在眼前。祂迫不及待地從後面攀登到了峭壁的頂端，把準備好的繩索一端繫在一棵大樹上，另一端繫在自己的腰間，然後後退著把自己懸在了峭壁的中間部位。接著，祂用一塊堅硬、銳利的石塊，在峭壁上刻上了第一個植物的記號：一棵松樹的樣子，就是峭壁頂端繩索繫著的那種高大的植物。祂用力刻著記號，同時感到一種疼痛和難受，是那種血管裡的血被抽走時感到的疼痛和難受，不過，巨大的興奮立刻就把這種感覺沖散。祂又刻了一個記號，是一種最普通的草：狗尾巴草。祂刻下這個記號時，身體感到了和剛才同樣的疼痛和難受，只是比剛才輕微一些。

「莫非這就是女神女媧說的磨難？這樣的磨難也太容易度過了。」土地想著，繼續把自己沿路走來記在心裡的植物的樣子，一樣又一樣地刻在峭壁上。

接近黃昏時，土地感到身體有一種無力感，手裡甚至握不穩那塊尖石，祂趕緊拉拉繩索，峭壁的頂端有幾隻老虎便用牙齒咬住繩子，用力把祂拖上來。祂躺在草叢中間，沒有力氣讓自己坐起來，祂就這樣昏昏沉沉地睡了過去。

第二天，燦爛的陽光照著峭壁，上面有近百種植物的記號，筆畫有深有淺、有粗有細，圖案有大有小，粗看上去區別不大，仔細看卻沒有兩樣是重複的。同樣的陽光也照在了土地的身上，溫暖讓祂醒來，也讓祂恢復了力氣。祂需要吃一些食物，以增加力氣。極目望去，樹上有各種鮮豔的果子，草叢下傳出潺潺的流水聲，還有奔跑的兔子、飛翔的鳥，讓森林裡充滿了生機和活力。

土地準備繼續工作，但祂發現自己腦子裡記得的植物已經寥寥無幾。祂想，大地上的植物何止上百種，少說也有上萬種，可是，單憑一己之力要把祂們辨別出來，還要刻到峭壁上去，而且只有一個季節的時間，這幾乎是不可能的，祂必須想出一個辦法來。

這時，一隻小松鼠從祂眼前竄過，祂立刻想到了一個辦法。祂發出號令，讓靈山上所有的動物集合在一起，祂吩咐牠們兩件事情，一件是去把自己熟悉的草木採集回來；另外一件是把這個消息告訴其他動物，讓大地上的動物全部行動起來。這是一個絕好的辦法，動物們當然樂於去做，因為牠們知道，這是在為牠們自己準備永遠的食糧。

草木的採集問題解決了，但要把牠們的樣子一樣樣都刻到峭壁上，這耗盡了土地的心血。第一個月過去後，祂已經完全沒有力量站立起來，更不要說去把身體懸在峭壁之上，再用尖石在上面刻出圖案了，這讓祂十分沮喪。祂一邊看著眼前堆積成小山的草木，一邊想著女媧對自己說過的話：「你只要放棄你的想法，你的磨難就會立刻消失。」現在，因為失血過多，祂已經虛弱得像一個空心人，一陣風就可以把祂吹得無影無蹤。

靈山上有許多修行的仙人，他們願意幫助土地，但是他們刻在峭壁上的圖案，第二天一早就被陽光抹去，峭壁恢復了原先的光滑和平展。看來，這項工作只有土地一個人才能完成。靈山上的仙人面對峭壁束手無策，但他們可以想法子照顧土地，讓土地每天可以有體力完成一個時辰的工作。

眼看著一個季節的時間就要結束，峭壁前還堆積著很多沒有刻上去的草木，這時，一個仙人向土地提出了一個請求：

「在遙遠的崑崙山上，有幾百種神樹仙草，它們結出的果子異常鮮美，神仙們吃了可以延年益壽，可以生發奇異的能力。應該讓它們也具備再生的能力，這樣，神仙們會感恩於你，給你想不到的好處。」

「我想過了，但我被封為土地之神，我還是把土地上的事情辦好吧。」

土地拒絕了仙人們的請求。

當女媧規定的期限來到的那一天，土地已經奄奄一息。當時，還有上千種植物堆在祂的身旁，這些植物永遠不會再生了。所有參加勞作的動物們沉默著，靜立在土地的周圍。正是盛夏，卻刮起了刺骨的寒風，接著，雪花從天而降，持久的寒冷讓動物們回到自己的窩，或者躲到溫暖的角落。當寒風停止吹拂，雪片停止飄落，陽光重新普照大地時，動物們紛紛跑來，峭壁上卻沒有了土地的身影。

土地被女媧帶走了。

第二年春天到來時，土地復活了，他看到大地上草木茂盛、鮮花盛開，一派欣欣向榮的景象。祂恢復成了原來的樣子，青春、陽光而高貴，祂為大地上有這麼多的植物得以永生而興奮，也為那些沒有能夠得到永生的植物而遺憾。

這時候，有一群人不高興了，祂們是居住在崑崙山上的神祇們。因為祂們發現，崑崙山上所有的草木都還是原來的樣子，沒有抽出嫩芽。於是，祂們向女媧提出，要取消土地神的神職。女媧拒絕了祂們的提議，但她做出決定，土地神永遠待在大地上。

這就是關於土地神的真實故事。後來，隨著人類的發展，人類拓展的疆域越來越大，年輕的土地神管理不過來，就在民間找了一些慈祥、善良、勤勞的老人，讓他們代管自己周圍的土地，而年輕的土地神會化作風，在大地上奔跑著，不分季節、不分晝夜地檢查老人們的工作。

河神的誕生

崑崙山派出神祇負責在大地上選拔一位河神。

消息傳開，初民中身體壯碩的、打獵的、種地的，尤其是生活在河邊水性好的，都紛紛摩拳擦掌準備一試。靈山上通人性的野獸也聽到了消息，牠們認為，消息中並沒有限制獸類不能參與，所以牠們選出了老虎、豹子和雄獅各一匹，也準備參加河神的選拔。

崑崙山上的神祇化成一個威嚴的老者，出現在咆哮的黃河河畔。很快，那些準備參與選拔的人們，包括獸類，就聚集在祂的周圍。祂指揮他們在河邊一個高處蓋起了屋子，屋子前面搭起寬大的平臺。接著，遠近的初民、獸類以及飛鳥都聚集而來。神祇規定，選拔期間，人類不得以任何藉口獵殺獸類和鳥禽。如此，黃河河畔上，人、獸熙熙攘攘，擦肩而過而相安無事，天空中更是萬鳥翔集，鳴叫聲壓倒了黃河的咆哮聲。

選拔賽的第一項是比賽速度。神祇解釋說：

「大地上河流縱橫，穿過的地帶有的平坦，但更多的是在險峻的高山之間，人跡罕至，甚至飛鳥也難以到達，但河神必須在短時間內視察到河流的全貌，這就要求河神首先必須有足夠的行走速度，自然也包括飛越高山峻嶺的能力。」

神祇的話音一落，聚集在平臺下的參賽者就退出了一多半，他們一邊往外退一邊念叨著：

「我們跑得不慢，但沒有能力飛越高山峻嶺。」

「怎麼能立這樣的規則呢？選出一個人來，賦予神力不就完了。」

「這樣的規矩顯然是給鳥兒定的。」

「可惜沒有一隻鳥兒報名！」

……

神祇並不理睬這些埋怨，祂稍等片刻，用低沉的聲音宣布道：

「現在開始比賽，你們要去巡察一百條河流。每條河流都要從源頭巡察到入海口，然後返回來匯報每條河的情況，包括長度、流量、走向和汛期時間，尤其要匯報它們對沿岸村莊、農田有無危害以及危害程度。我將根據大家返回的前後和匯報的準確度、詳細程度，選出前三名進入下一步的比賽。」

神祇聲音低沉，卻有一種攝人心魄的震懾力，當祂說上面的話時現場一片靜謐。

接下來的幾天裡，神祇神態自若、旁若無人。白天，祂從河裡摸魚，架在火上烤著吃。馬上，就有殷勤的初民取來泉水，供祂飲用。閒暇時，人和野獸在平臺前翩翩起舞，鳥禽就盤旋在上空鳴叫，為舞蹈者獻上優美的伴奏曲子。黑夜，神祇靜坐在平臺之上，觀察天象，傾聽萬籟，偶爾也閉上眼睛小憩片刻。

這樣過了十幾天後，第一個參賽者回來了。

他是大丙，一個身材高大、相貌堂堂的年輕人。他來自哪裡，沒有人知道，當他出現在參賽的人群中時就引起了注意，因為他的身高幾乎高出所有人一半，真正是鶴立雞群。他身軀高大，站在神祇面前像一座石塔。他按神祇的要求，把他巡察到的每條河流的情況，逐一進行了詳實的報告。

第二天，又一個參賽者返回。

他是無夷，華陰人，能服用八種石料而消化之，他的臂力過人，可以把一頭大象扔過一堵高牆。他還有駕馭風與雲的能力。因此，當他看到已經有人先到一步時，不禁愣在一邊。他身材適中，所以要仰起頭打量大丙。他看不出眼前這個大個子，除了個頭外還有什麼奇異的能力。他先向神祇報告了巡察情況，然後質疑道：

「神祇啊，我有問題要呈報。大丙是如何飛越高山峻嶺的，難道他像我一樣有著駕馭風雲的能力？否則的話，他一定是作弊了。」

神祇把頭轉向大丙，示意他必須回答這個問題。平臺下聚集著眾多的人和野獸，周圍的樹上也棲息著密密麻麻的鳥兒，大家都屏聲靜氣等待大丙回答。

「我是一個普通的獵人，在山裡打獵時遇見了一個神祇，祂的名字叫后羿。祂教我各種射擊的方法，也訓練我駕馭各種神靈的能力，所以，我可以在任何險峻的地方找到潛藏著的神靈，可以是一棵老樹或者一隻老猿，祂們可以以風的速度載著我去往任何地方。」

「原來是后羿的徒弟！」

臺下一片譁然。

神祇並不吃驚，祂望一眼無夷，無夷無奈地避開神祇的目光。

又過了幾天，那頭雄獅歸來，但牠已經筋疲力盡。牠向神祇報告說，其他參賽者都累倒在路上，還有的因羞愧而退出，老虎和豹子也已回歸靈山，比賽可以結束了。

第二輪比賽在一場暴雨後舉行。此時，山洪泄入黃河，河水暴漲，河面變得異常開闊，河水翻騰著，像是要把整個世界吞沒。在雷鳴般的河水聲中，神祇宣布了比賽的規則：

「大丙、無夷和雄獅，你們聽好了，前面洶湧澎湃的黃河就是你們的賽場。你們要在不借助任何外物的情況下，徒步穿越黃河，並以最快的速度返回岸上來。」

神祇稍做停頓，繼續說道：

「勝出者即是河神。」

神祇話音落地，現場鴉雀無聲。人們和動物的目光都集中在平臺之上，在大丙、無夷和雄獅的身體上移來移去，想看到他們的反應。

第一個走下平臺的是大丙，他從容不迫，似乎胸有成竹。無夷不甘示弱，緊跟著也走下平臺，但眼神游移不定，似乎對即將做的事情沒有十分的把握。雄獅遲疑著，也跟著下了平臺。現在，他們三個站在了岸上，面前是洶湧澎湃的黃河，河水吼叫著，像在向他們示威。

大丙把頭轉向無夷，做了一個謙讓的動作，無夷點點頭，然後把頭轉向雄獅，模仿著大丙的動作，示意雄獅先來。雄獅跨前幾步，把前腳探入河水中，這時，人群中響起一聲撕心裂肺的號叫，人們和動物紛紛扭頭，只見另外一隻獅子奔了過來，牠撲向雄獅，用嘴咬住了雄獅的尾巴，使勁往後扯。雄獅回頭，認出這頭母獅子，還看見後面跟著兩頭可愛的小獅子，小獅子的眼睛裡淚光閃爍。牠看到牠們，轉身用頭摩挲著母獅子的身體，又走到小獅子面前，用頭碰碰小獅子的身體。

「看來，牠要放棄這次比賽了。」人群中有人嘀咕。

雄獅似乎能夠聽得懂人們的嘀咕，目光向人群一掃，人群像受到一股力量的侵襲，身體向後微微一仰。就在這一瞬間，雄獅一聲怒吼，返身奔向黃河，在離河水一步之遙的地方騰空而起，身體沒入河水時，吼叫聲也被洶湧的河水吞沒。

大丙和無夷目睹了剛才的一幕，互相對望了一下，無夷發現大丙依然表情沉靜，似乎勝券在握。其實他常年服用雜石，身體已經修煉到可輕可重，只是要從黃河河底穿過，還沒有十足的把握。但箭在弦上不得不發，他回過頭來，凝神靜氣，走進河水之中。所以的人和動物都屏住了呼吸，一直等到河水沒過他的頭頂，河岸上才陸續響起呼吸的聲音。

現在，大家把目光集中在了大丙身上。因為大丙是上一輪的勝出者，如果在這一輪中繼續勝出，那麼河神的位置就非他莫屬。大丙依然神態自若，他的身體一動不動，似乎在等待什麼。過了一會兒，大丙還沒有動靜，岸上的觀眾開始吵鬧起來，接著可以聽見埋怨和表示不滿的噓聲。但大丙不為所動。

神祇選擇比賽的河段河水洶湧，河面也非常開闊，如果沒有河水阻擋，一個人步行到達對岸，大約需要五分之一個時辰。按這個時間，雄獅和無夷應該出現在對岸，但望過去，對岸沒有出現他們的身影。

「該你了。」神祇在平臺上說，聲音傳到了所有人和動物的耳朵裡。

大丙聽了抬腿就往前走，當他走到河水前，抬起的腳就要踏入水中時，奇蹟發生了。河水在大丙的腳快要踏上去的一瞬間，竟然自動向兩邊分開，露出河底來，而且露出的河底竟然像陸地上的路一樣沒有泥濘。大丙繼續往前走，前面的河水就繼續分開。大丙越往前走河水越深，而分向兩邊的河水就像兩堵高高的水牆，大丙就像走在一條深深的巷道裡。岸上的人和動物爭著從「巷道」口往裡瞧，推推搡搡擁擠成一團。

很快，大丙從水裡返回，河水在他身後自動閉合，恢復了原來的樣子。不過，他不是一個人返回，他的左手臂夾著無夷，右手臂夾著那頭雄獅，無夷和雄獅的身體都軟塌塌的，顯然已經溺水而亡。大丙把兩具屍體往地上一扔，噌噌噌登上平臺，站在神祇面前。

「你勝出了。」神祇平靜地說。

平臺下一陣歡呼。不過，也隱隱約約聽到動物的嗚咽聲，那是那頭母獅和兩頭幼獅在悲鳴。這隱約的嗚咽引起了大丙的注意，他扭頭朝嗚咽聲望去，立刻明白了緣由。他稍做思考，對神祇說：

「尊敬的神祇，我有一個請求，如果放棄我得到的神位，能夠讓這頭雄獅復活嗎？」

神祇略感詫異。

「當然可以，不過，獅子是不可以做河神的，需要讓無夷復活，讓他來代替你獲得神位。」

大丙表示同意。

這樣，復活後的無夷莫名其妙地成了河神，不過，神祇在給他命名時改動了一個字，把「神」改作了「伯」，他被命名為「河伯」。

另記：河伯兩百歲生日時，一隻老龜在宴席上提議：「河伯應該像人間的官吏一樣，擁有成群的妻妾。」這個提議得到了河裡其他精怪的贊同。於是，每年河伯生日這天，都會向人間索要一個未成年的女子。人們迫不得已，只好把選中的女孩子投入黃河之中。

這件事傳到了大丙的耳朵裡。此時，大丙已垂垂老矣，在靈山上修身養性。他聽到這個消息，不由得怒從中起，從屋子的牆上取下鏽跡斑斑的弓箭，來到黃河之畔。他等河伯出現在河面之上，就把一支磨得亮閃閃的利箭射了過去。

木客傳奇

洛山在虔洲，山勢險峻，山上有許多珍稀樹木，比如楠木、紫檀、烏木等，都是官家建築宮殿或打造家居的必備材料。因為珍稀，所以價格奇高，山上山下的伐木者爭相上山砍伐。但是，這些樹木一則稀少，很難發現；再則，即使發現，也是生長在人力無法到達的地方，任憑你絞盡腦汁想盡辦法，也只能望「樹」興嘆。

「那就是海市蜃樓。」這是伐木者最後的定論。

因為屢屢失敗，所以伐木者漸漸就放棄了砍伐的想法。

山下的鎮子不大，但遠近聞名，因為鎮上生產一種美酒。這種酒香氣飄得很遠，讓還遠在幾十里之外的人，聞著酒香就能找到鎮子。因此，鎮子上經常聚集著來自四面八方的酒客，有的喝多了找家客棧睡上一夜，第二天起來繼續喝，有的喝醉了打馬就走，再無音訊。也有一夥一夥來的，他們不為別的，只為品嘗這鎮子上的美酒。

這天，鎮子上就來了一夥人，他們的出現引起了小小的轟動。他們扛著名貴的烏木，長有一丈，粗如車輪。烏木密度大，重，但這夥人扛在肩上，看上去毫不費力，像是扛著一根羽毛。他們沿街詢問鎮子上最大的酒坊在哪裡，然後就把烏木放在這家酒坊的院子裡，說想用這根烏木換幾頓酒喝。酒坊主人趕緊請來鎮子上的一個老木匠，老木匠一見烏木，竟然激動得哭了起來。過了一會兒，他哽咽著問：

「敢問這根烏木是不是洛山東峰峭壁上的那棵？我年輕時就找到了它，我看它長高長粗，夢裡都想著把它砍回來，可就是沒有辦法接近它。你們，你們是怎麼做到的？」

這夥人中一個老大模樣的人回答道：

「這個不難，攀上去，砍斷了，扛回來。」

有了老木匠的認定，酒坊主人把這夥人安頓下來。從此，他每天都從酒窖裡取出幾罈陳年老酒，再配上滿桌子的菜餚，日日盛情款待他們。每天，到了開飯時間，鎮子上的木匠們就趕過來，也點上菜餚和美酒熱鬧一番。過了幾天，木匠們發現，這夥人的長相有一個特點，下巴帶著嘴部向前突出，像是鳥喙；伸出手來時，指甲帶著指尖向裡彎曲，像是一支支鉤子。他們的身體非常結實，身形卻瘦削而輕盈，像隨時都可以離開地面飛起來。他們很有節制，喝酒定量，從來沒有一個人醉過。所以，木匠們也無法從他們嘴裡探到任何訊息，尤其是關於他們的來歷。

十天之後，吃罷晚飯，他們告訴酒坊主人，他們要離開了，第二天的早飯別準備了。他們通告得如此之晚，鎮子上的木匠們來不及知道。不過，酒坊主人留著心眼，一直等到夜深人靜，聽見院子裡有了響動，便摸黑起來，等院子裡的腳步聲走遠了，才輕輕推開門出來，躡手躡腳遠遠地跟在那腳步聲後面。這樣跟了很長時間，一直跟到洛山腳下時，腳步聲突然停了下來，接著聽到一陣翅膀「撲稜稜」搧動的聲音，聽上去像是一群巨大的鳥在起飛，緊接著，他就看見前方的天空上，果然有一群巨鳥向山的方向飛去。朦朧的星光下，他定睛數了數，七隻，和前面那夥人的人數一樣。

第二天，鎮子上所有的人都知道，鎮子上來的那夥人是傳說中的木客。

原來，洛山上住著這樣一群人，之前也是伐木者，他們為了能砍伐到上等的木材，拖家帶口住在了山上。時間一久，他們竟喜歡上了山裡的生活，不願回到山下來。他們的情況傳到崑崙山上，神祇們便賦予他們一種能力，讓他們離開地面即可生出寬大的翅膀自由翱翔，腳落到地面即可恢復人形。他們的唯一使命，就是當崑崙山需要建築宮殿時，他們要完成所用木材的採伐任務。不過，他們有一個嗜好，就是飲酒。

洛山上住著木客，這消息讓鎮子上的人們興奮不已，他們開始成群結隊地上山尋找，希望找到他們，用美酒和他們交換名貴的木材。尤其是那些昔日的伐木者，整天整夜地在山裡轉悠著，希望能發生奇蹟。

但是，一個夏天過去了，沒有人見到過木客們的影子。

木客再次出現，已經是西元前五〇五年。那年，吳王夫差在蘇州城外南隅建造姑蘇臺，需要一對巨木，一棵是有斑紋的梓樹，一棵是楨楠樹，要讓工匠們做成盤龍大柱。這樣的名貴木材，只有洛山上才有，但是常人無法採伐，於是，吳王命巫師們焚香祝禱。終於，木客們短暫地出現在建造姑蘇臺的工地上，他們把兩根巨木輕輕放下，立即飛離地面消失在高遠的天空中。

三百年之後，木客再次出現，出現在長安城外建造阿房宮的工地上。他們把粗而長的十根巨木放在工地上，面對著驚訝的工匠，他們要求飲酒。酒罷，面對密密麻麻的恭敬地站著的工匠，近五十個木客情不自禁地獻上了一首謠曲。他們唱道：

酒盡君莫沽，
壺傾我當發；
城市多囂塵，
還山弄明月。

唱罷，展翅而飛。

無名山頂上的小人國

女媧造人時，每次都要把剩餘的泥，做成一寸左右高的人，當作擺件擺在身旁。閒暇時分，她把生命賦予他們，和他們交談，並且賦予他們一些神奇的能力。因為他們的請求，女媧專門為他們造了一些小的馬匹和牛羊，也造了米粒一樣的雞鴨，讓他們能像人類一樣生存和繁衍。後來，女媧離開大地時，把他們挪移到一座無名的山頂上，這座山山勢險峻，人和鳥雀都難以到達，山上古樹參天，泉水流淌，灌木叢中懸掛著無數可以食用的新鮮果子。小人們繁衍生息，儼然一個生機勃勃的小國家。

但是，一個叫「菌」的小人執政後，他不滿足於現狀，他認為他的國家應該開疆擴土，到山下去，和人類平等地享受大地上每一寸土地，以及每一條河流、每一片海洋。菌個頭比他的臣民高一頭，體魄也比他的臣民壯實。他親自採集木材，打造馬車，再挑選出最好的馬匹，然後，他駕著馬車在灌木叢中練習駕駛。他覺得一切就緒後，對他的臣民說：

「我要下山一趟，和山下的人交流，我想我們以後應該住到山下去。」

他的決定遭到了大部分小人的反對，只有十幾個小人表示強烈贊同。於是，菌就帶著這十幾個小人乘著馬車出發了。

這時候，女媧曾經賦予他們的神奇能力起作用了。他們讓馬車像一片樹葉一樣，乘著一陣山風，很快就穩穩地落在山下一個鎮子的廣場上。

他們擺好隊列，迎向第一個走過來的人，一個扛著鋤頭的農人。

「嗨，你好！」菌禮貌地喊道。

農人聽到了一個細微的喊聲。他左右看看，最後低下頭看見了馬車上的菌，還有整齊地排列在馬車兩邊的其他小人。他很詫異，馬上蹲下身體，仔細觀察眼前的小人。

「喂，你們從哪來？」他少氣無力地問。

「山上。」菌指著無名山，他看到農人滿臉的憂鬱。

「你們？」農人有些疑惑。

「沒錯，我們真的是從山上來的。」菌認真地解釋，「我們也是女媧造的。」

農人沉吟良久，用試探的口吻問：

「無名山險峻，人上不去，山上肯定有世間罕有的藥材吧。」

「當然了。」菌不無自豪地說。

「這樣就好了。」農夫的臉舒展開來，「不瞞你們，很長時間了，鎮子上鬧著瘟疫，巫師說，需要採到無名山上的肉芝，把它熬成湯，人把湯喝了，瘟疫就沒有了。可是，那肉芝長在無名山頂上，沒有人能上得去，不知道你們能不能上得去？」

「沒問題，我們就是從山頂上下來的。」菌回答，「你說的肉芝嘛，遍地都是，我們也經常吃。」

農人驚訝地看著他們，又看看遠處的無名山。

「這樣吧，我們馬上回去，採集一百棵肉芝，明天一早送來給你們。」菌很興奮，沒等農人首肯，急忙表態。他想著，這樣就可以和山下的人建立起良好的關係。

菌回到山頂，立即帶領全體小人行動起來。

第二天早晨，他們連夜製造出的一百輛馬車上，載著一百棵肉芝，肉芝被細草繩緊緊地綁在馬車上，以防從山上往山下飄飛時掉落。

很快，鎮子上就出現了小人們的馬車隊，他們排列整齊，在那位農人的帶領下，停在了鎮子的廣場上。鎮子上沒有被瘟疫感染的人，排著隊領到了肉芝。接著，鎮子上空就飄起了炊煙，一會兒後，鎮子上充滿了肉芝的香味。

這時候，菌已經帶著他的馬車隊返回到山頂上，他們把備好的另外一百棵肉芝綁在馬車上，在中午時分，再次送到山下的鎮子。這樣，鎮子上幾乎每戶人家都分到了一顆肉芝。人們為煮服肉芝忙碌著，沒有工夫招待這些善良而無私的小人。

大約十天後，瘟疫從鎮子上消失了，恢復健康的人們想起了拯救他們生命的小人。那個有幸第一次見到小人的農人來到無名山下，他扯開嗓門向山上喊：

「菌，菌，下山吧。」

菌帶著小人們浩浩蕩蕩地來到鎮子上，他們受到隆重的歡迎。鎮子上的人建議，把鎮東一座廢棄的葡萄園送給他們，並幫助他們在當天夜晚來臨前搭建好了房屋。人們離開時已經很晚，月光下，房屋像一個個小木頭盒子，有序地擺在葡萄園裡，看上去充滿了夢幻之感。

這樣，小人們和鎮子上的人友好地生活在一起。鎮上的人見到小人或小人的馬車經過街道時，都會小心地避開，以免不小心踩到他們。

不過，這樣的友好關係沒有持續多久。菌有一天發現，小人的人數在減少。起初，他以為有些小人悄悄出了遠門，去更遠處探視人類的世界。但時間長了，依然不見回來，他就開始為他們提心吊膽。一天，一個小人報告，他被鎮子上的人捉了去，想辦法偷跑了回來。「我聽那個捉我的人和別人說，把我們像肉芝一樣煮了喝湯可以延年益壽。」這個小人驚慌失措地告訴菌。菌馬上明白了過來。

小人們從鎮子上徹底消失後，鎮子上的人感到非常遺憾，他們遺憾沒有盡快把小人們捉到手，並且因為互相猜疑是誰走漏了風聲還爭吵了一大陣子。

神的十五座居所

神仙喜歡住在人類無法到達的地方，比如天上。但也有神仙喜歡住在人類好像能夠到達，但實際上也無法到達的地方，比如浩渺無邊的大海的盡頭。人類誤以為乘著船，船上備好足夠的給養，假以時日，就可以到達那裡，與神仙們交流。其實，這是妄想。神仙可以在人間自由往來，他們的住所，卻拒絕人類踏入。

居所之一：祖洲

祖洲坐落在茫茫的東海之中，離開陸地七萬餘里。

秦時，始皇帝刑法嚴酷，所以常有冤死者，被扔在荒郊野外。不過，夜深人靜時，有一種鳥會結伴飛來，牠們嘴裡銜著巨大的葉片，悄無聲息地飛落下來，把寬大的葉片覆蓋在那些冤死者的屍體上，然後再悄無聲息地飛走。三天後，那些冤死者醒來，掀開葉片，坐起來，在恍恍惚惚中走回自己家中。

這樣的事情經常發生，終於被官家發現。他們試圖捕捉夜鳥，設置好結實的大網和巧妙的機關。但是，那鳥穿過大網像穿過空氣，展翅而飛。他們又試圖用箭射落夜鳥，但箭頭碰到羽毛像碰到堅石，只濺出一星半點火光，就跌落到地面。不過，他們從死人的身上取走葉片，小心翼翼地獻在始皇帝的面前。

葉片在皇宮的地上鋪展開，看上去像普通的菰苗的葉子，只是更寬更長，正好能夠把一個人嚴嚴實實地蓋住。

一會兒後，鬼谷子先生到了。他身體像一片羽毛，輕輕飄落在葉子前面。他只瞟了一眼，然後抬頭對始皇帝說：

「這是不死草，也叫養生芝，來自東海祖洲，那裡這樣的草遍地都是。」

「那，那些鳥呢？」

「那些鳥也來自東海祖洲，那裡這樣的鳥像麻雀一樣到處在飛。」

始皇帝滿眼渴望地望著鬼谷子。

「那是神仙居住的地方，我們去不了的。」

鬼谷子誠懇地回答。

但是，始皇帝不會相信鬼谷子的話。一年後，一艘可以在海水航行十五萬里的樓船，停泊在東海岸邊。始皇帝親自送行，他委派徐福為拜訪神仙的使者，攜帶五百名健康活潑的兒童，浩浩蕩蕩地揚帆駛入東海。

始皇帝和他的大臣們日夜期盼著徐福的歸來。

居所之二：瀛洲

瀛洲也在東海之上，但更遠，比祖洲遠十倍。瀛洲面積之大，超乎想像，那裡到處是晶瑩剔透的玉石，有的高過千丈，卻也擋不住神仙們的視線。

瀛洲上居住著眾多神仙，祂們直立著身子，在天空隨意地飄來飄去。有時，幾十個神仙長久地停在空中，議論著什麼，然後散去。祂們聚會，也喜歡在半空中。每個神仙都手持著酒杯，喝完了，一隻酒壺會自己飄過來，傾斜著倒滿。神仙們的酒量奇大，祂們不停地暢飲，似乎都有著無限大的胃口。祂們往往要喝到數升後，才鬆開酒杯，讓酒杯自己飄回到地面的桌子上。

人類不知道祂們在討論什麼。

瀛洲上遍布著無限多的建築，那些建築看上去奇形怪狀，有的高大華麗，像宮殿一樣；

有的卻極其簡陋，像獵人過夜臨時搭建的茅草屋，只不過那草是鮮嫩的；有的懸掛在懸崖邊上，像鷹的巢穴；更多的飄在空中，隨著氣流隨意移動。

這是夜晚的情形。到了白天，神仙們一個一個醒來，祂們的腳剛跨出門檻，身後的建築就像在融化了一樣，緩慢地消失不見。

神仙們經常趁著夜色離開，那是遙遠的人類在遭遇災難，需要他們的救助。

居所之三：玄洲

玄洲在北海之中，離開海岸三十六萬里。這裡的山型鱗次櫛比，上面的建築物高大、華美。這些建築物不像瀛洲上的，會在晨光中融化，它們古老、堅實，彷彿與日月同齡，也將和日月同毀。建築周圍，草木蔥蘢，葉尖上冒著香氣。

這就是太玄都，天上的神下榻的地方。

在玄洲的另一端，山型錯落有致，懸崖峭壁上夜以繼日地演奏著音樂，卻沒有演奏的神仙或者充滿靈性的動物。音樂不斷地變化，有時激越，像狂風暴雨；有時輕柔，像和煦的風吹動柳枝；有時清亮，像山泉流過石板；有時似乎有女聲在吟唱，唱詞模糊不清。

時常有神仙們結伴而來，矗立在空中安靜地聆聽。

神仙中的某一個，有時會朝著人間的方向揮揮手，把輕柔的音樂吹送過去。音樂到達人間，聽到的人，心中的鬱悶和煩惱會被一掃而空。

居所之四：炎洲

炎洲在南海之中，離開海岸九萬里，似乎與人間要稍近些。炎洲上的神仙們飼養著兩種奇異的動物，風生獸和火光獸，牠們都與火有關。

炎洲上非常炎熱。最初，神仙們捕捉到風生獸後，試圖用火來烤死牠們，但即使幾十車柴薪燃燒起來，風生獸仍在火光中站立著，毫髮不損。於是，神仙們取來鋒利的斧頭，殘忍地砍向令他們惱怒的野獸，但風生獸的身體既可以讓斧頭捲刃，也可以讓斧頭陷在其中拔不出來。暴怒的神仙取來鐵錘，砸向野獸的腦袋，風生獸終於倒地而亡。但一陣風吹來，像更高的神的手撫摸過牠們的毛髮，牠們很快復活，然後張大嘴巴貪婪地吞食刮醒牠們的風。神仙們束手無策。後來，祂們被更高的神告知，只要採擷洲上石縫間生長的菖蒲草，用菖蒲草塞滿風生獸的鼻子，不讓牠們呼吸，牠們就會在頃刻之間死去，然後，再大的風也不再能把牠們吹醒。

神仙們飼養並弄死風生獸，是為了取出牠們的腦汁，和菊花調配成一種仙藥，送給人間修道的人。據說，這樣的仙藥，十斤可以增壽五百年。

炎洲上的神仙還飼養著另外一種動物，就是火光獸。炎洲上有一座火林山，火光獸就出沒其中。火光獸體型不大，就像一隻老鼠，但牠的毛髮較長。牠停留在一處時，像一個火團，奔跑時，長長的毛髮飄起來，看上去就像火焰在奔跑。白天，在陽光下，牠們的亮度不太明顯，到了夜晚，牠們在黑暗的山林間竄來竄去，跑上跑下，整個山林就像布滿了光斑。炎洲上的熱量，大部分來源於牠們身上這永不熄滅的火焰。

神仙們飼養火光獸，是為了剪取牠們身上的毛髮，將這些毛髮織成布匹，名為火浣布，再用火浣布做成衣服，名為火浣衣。火浣衣髒了，把它扔進火焰中，一會兒取出來後，光潔如初。神仙們就穿著這樣的衣服穿越火焰和火海，有時也贈送給人間修道的人，讓他們遇到火災時，穿著它們去火海裡救出婦女和兒童。

炎洲上的這兩種野獸曾經跑到人間來，但很快就被神仙們捕捉回去。

居所之五：長洲

長洲也在南海之中，離開海岸二十五萬里，這是仙女們待的地方。

神靈的女兒們，在天上待得久了，就會降臨這裡。她們的父母並不溺愛她們，沒有給這個地方特殊的地貌，也沒有讓她們飼養特殊的動物，只是在洲上遍種樹木，最粗的要兩千個仙女拉起手來才能繞上一圈。這也是仙女們的遊戲之一。另外，樹木之間，鋪滿青草和花，草的形狀、花的顏色應有盡有，因為仙女們的腳從不踏上去，所以所有的花草都盡情地向上生長。泉水在草木下潺潺流動，流經地面時，隔開一段就蓄在一個小池裡，每個小池像一隻碗，清澈的泉水在裡面安靜地發著光。雖然泉水是甜的，像摻入了蜂蜜，但長洲上看不見蜜蜂，也沒有蝴蝶和其他昆蟲飛翔。

長洲的最南端，有一座風山，即使沒有風吹過，它也在叫，只是聲音很低，遠處的仙女們聽不到。但是有時，它的叫聲會非常響亮、威嚴，在仙女們聽來，像是她們的神靈父親們在警告著什麼。當然，仙女們能夠聽得懂。這時，她們就停止閒逛與遊戲，像一群白天鵝從四面八方飛往長洲的最北邊，那裡，在婆娑的樹木的掩映中，隱隱約約現出樓閣亭臺的尖頂和翹角，也傳來風鈴清脆的碰撞聲。

這就是著名的紫府宮，仙女們訓練手藝的場所。

原來，這些神靈的女兒，雖然個個如花似玉，滿身芬芳，卻不是遊手好閒之輩。紫府宮裡，擺滿了人間女子閨房裡的勞作工具，比如紡車。不過，仙女們練習的不是技術，而是速度，她們要在同樣的時間裡，做出上百、上千倍的活計。

這時，風山那邊的聲音停歇了，紫府宮傳出的機杼聲被濃密的樹木吸納，夜降臨了，無邊無際的長洲安靜得像月光。

居所之六：元洲

元洲在北海之中，離開海岸十萬里，與人間最近。

元洲上的神仙們喜歡種植，祂們種植著五種靈芝。一種叫龍仙芝，長著兩片葉子，形狀像伸展開身體的小龍，背靠著背，好奇地仰頭向兩邊瞭望；一種叫參成芝，從根到莖、葉子和花，通體發出柔和的紅光，風吹過時，枝葉碰在一起，會發出金屬碰撞的聲音，清脆、激越，枝葉如果不慎折斷，從折斷處很快就會長出新的葉子，葉片上也不會留下一絲斷裂過的痕跡；第三種叫燕胎芝，通身紫色，顯得高貴而傲慢，發出幽深的光，不過，它的葉片像展翅欲飛的燕子，讓它平添了一份生動；第四種叫夜光芝，通體呈青色，是那種從綠色向藍色過渡的不易分辨的顏色，但它的果實是白色的，到了夜間，一粒果實發出的光足以照亮一間屋子，讓屋子裡所有的物件都清晰可辨；最後一種叫玉芝，樣子像普通的靈芝，顯然，神仙們沒有精心地培植它。

五種靈芝種在元洲的五個地方，便於需要時可以毫不費力地採擷。它們一年四季都在生長著，神仙們分批分批地照料著它們。

這五種靈芝將被送往人間，給選擇好的人服用。前四種，只要服上一株，就可以升為神仙，最後一種，服上一株，卻只可以在人間做皇帝身旁的宰相。

靈芝的祕密不慎被人們知道，有人千辛萬苦而來，踏上元洲的土地，欣喜若狂地找到了夢寐以求的靈芝。不過，就像影子突然被強光照射一樣，靈芝一到他們的手裡就消失不見。更多時候，他們看到了元洲就在遠處，卻永遠無法到達。

居所之七：流洲

流洲在西海之中，離開海岸十九萬里。洲上山川縱橫，到處是巨大的積石，積石叫昆吾石，洲上神仙的工作就是把昆吾石砸碎，扔進幾百人合圍那麼大的熔爐中，冶煉成世間沒有的鐵，再用這鐵打造出一種神劍：昆吾劍。

昆吾劍在劍鞘裡靜悄悄的，一旦出鞘，它的光芒能刺痛人類的眼睛，它的劍鋒削石如泥。所以，它只能夠佩戴在神仙們的腰間，並且不會被輕易抽出。

但是，流洲上的一個神仙有事去人間時，不慎把自己的佩劍丟了，丟失的恰恰就是一把昆吾劍。神仙丟一把佩劍是小事，但這把劍落在了誰的手裡，卻是天下英雄關心的事。其時，正值周朝，一代帝王穆天子知道了這件事，而且得到消息，這把劍在西北邊陲少數民族犬戎王的手裡。犬戎長久以來每年都要向強大的周朝供奉，供奉品大多是奇珍異物，穆天子耐心地等到上供的日子，供品裡卻不見昆吾劍。穆天子大怒，下令討伐犬戎。

「因為一把子虛烏有的劍討伐犬戎，有些小題大做了吧！」一個臣子大膽地反對，試圖阻止一場殺戮。

穆天子身體像一座塔，他的話更是一言九鼎。

周朝勇猛的戰士殺向犬戎，很快就撕破犬戎的邊境防線，犬戎王立刻親自送來了禮品，是四隻罕有的白狼和四隻吉祥的白鹿，並承諾待找到昆吾劍一定奉上。

穆天子正要發作，這時，天上的神靈看見了此地的狼煙，立刻知道一場更大的殺戮即將開始。突然，一把長劍閃電般從天而降，插在穆天子和犬戎王之間的一塊石板裡，劍身沒入石板三寸，劍柄顫動著，但能夠看見上面刻著「昆吾」兩字。接著，一個聲音響道：「拾起昆吾劍來，回到你自己的土地上去。」

穆天子用力把劍抽出來，吩咐身邊的將士用布包好，仰天拜謝過神靈後，迅速帶領軍隊離開。犬戎王也急急忙忙回到宮殿，只見供奉在大殿供桌上的昆吾劍只留下了劍鞘。

這件事情發生後，流洲上的神仙們用一把普通的劍換回了那把昆吾劍，讓劍鞘繼續留在犬戎王的供桌上。從此，再沒有一把昆吾劍被人類的手觸碰過。

居所之八：生洲

生洲在東海之中，離開海岸二十三萬里。洲上溫度適中，四季如春，但花草仍然按時序生長和成熟。洲上住著數萬的神仙，祂們的主要工作是種養花草。祂們像農民一樣辛勤地侍弄著花草，讓生洲成為仙界最美麗的花園。不過，這些花草不是用來觀賞的，它們都有著神奇的功能和特殊的用處。

繞著生洲一大圈，就像給生洲繡了一個花邊一樣，種植的是護門草。這種草的樣子很普通，從根部開始分叉，沒有莖，直接長出葉子，像玉米葉子，刀片一樣筆直地向上，刀刃上布滿細小、鋒利的鋸齒。只要有人類或者飛禽越過，它就會發出嚇人的喝斥聲。護門草剛從地面鑽出來，發出的聲音細而低，長到一尺高時，發出的聲音已經足以嚇人一跳，長到兩尺高時，它的聲音就成熟了。因為從來沒有人類和飛禽來過，所以護門草只好在風刮過時，趕緊對著風喝斥，並揮舞它刀片一樣的葉子。

這邊護門草對風喝斥，那邊風聲木也因風而發聲。生洲上神仙們分散居住，風聲木就種在神仙們的居所門前。風聲木像一棵棵縮小版的松柏，濃密的枝葉間掛著蠶豆大的果子，風吹過時，它們就發出鈴鐺的聲音，有時清脆、悅耳，有時哀怨，似有隱隱約約的哭聲。細微的區別只有神仙們能夠分辨，它們就根據這聲音判斷人間的禍福，判斷禍福的所在。對於災禍，它們或者發出預言，或者直接去人間想辦法消弭。神仙們曾經送給東方朔一株這樣的草。一天，風聲草發出刀劍碰撞和殺戮之聲，東方朔預言有一場戰爭即將發生，但是，他知道自己沒有能力阻止戰爭，一氣之下，他把風聲草扔進大海。

生洲的東端，生長著大片的龍芻，也叫龍涎草，說是龍的口水所化，但生洲上的龍芻是神仙們種植的。龍芻枝條紛披，滿身細碎的星狀黃花，有風吹過時，枝條飄起來，像無數的鞭子隨著風向抖動，驅趕著風中隱去了身體的馬匹。龍芻是神馬的草料，人間的馬匹如果有幸吃上一株，就會擁有神力。穆天子寬大的馬廄裡有八匹馬，這些身軀高大、毛色發亮的馬匹，每匹都食用過一株龍芻。龍芻中間，還間種著肉芝。它們低矮，被龍芻遮掩著，又像被龍芻保護著。肉芝果實極小，豌豆大，呈條形，只有湊近了仔細看，才能看出它是一駕馬車的形狀，像雕刻出來的，一匹馬套著一駕馬車，馬車的輪子和肉芝長在一起，馬匹卻懸在空中，好像隨時準備騰空而去。肉芝不能食用，它成熟後，被神仙們小心翼翼地摘下來，儲存在精緻的木頭架子上，以備急用。神仙們只需對著它們輕輕吹上一口氣，它們就會離開架子，馳向門外，等神仙們跨出門檻，一輛馬車已經停在門前。

生洲南端的大片平原上，種植著兩種草。一種是帝休，它的葉子像楊樹葉子，向上分出五條糾纏在一起的枝杈，每條枝杈像被一股持續的力量鼓動著，任何時候都挺立著。它開黃花，結黑色的果，每顆果子都像一顆藥丸。它不需要加工，可以直接食用，食用後，人立即就可以忘掉憂愁，再不會產生憤怒的情緒。因此，它也叫忘憂草。不過，這樣的果子成熟後，神仙們不會來採摘，它們全部自己落在地上，然後爛掉。另外一種是懷夢草，樣子像蒲草，枝幹和葉子呈紅色。它不結果實，葉子卻有奇妙的功能。東方朔曾經向神仙們討要過一片葉子，把它獻給了漢武帝。其時，漢武帝夜夜思念病故的妃子李夫人，得到這片葉子後，他按照東方朔的吩咐，每夜都懷揣著這片葉子入睡，每夜都能如願以償與李夫人在夢中相會。直到葉子乾枯碎裂，才失去這種功能。生洲上，懷夢草葉子的命運如同帝休，也不被神仙們儲存，它們自生自滅，完成一個輪迴。

生洲西端土地最為肥沃，均勻地種植著上百株五穀樹。五穀樹高大、粗壯，也不結果實，只長葉子，五穀的葉子。它是預言樹。每棵樹代表人間的一個區域，樹上五穀的葉子，哪一種長得濃密、茂盛，預示著哪一種穀物將迎來豐收，哪一種枯黃、稀疏，預示著哪一種穀物將歉收，甚至顆粒無收。五穀樹之外的土地上，種植著九穗禾，一枝粗壯的枝幹頂上，像噴泉一樣向外翻捲出九個枝杈，每個枝杈末尾是一束沉甸甸的穗子，有的是麥穗，有的是黍子穗，也分五穀。生洲上的神仙精心呵護著它們，盡量不讓一株夭折。人間大旱或大澇時，神仙們就拔一株九穗禾，飄過海面，把九穗禾扔給應命飛來的丹雀，丹雀銜著九穗禾，飛到遭災的土地上空，扔下去。九穗禾飛落的過程中，果實散開，像雨點一樣落在地上，化入土中，不管土地旱澇，一夜之後，它們就鋪滿了田地，像經歷過風吹、日晒和雨水澆灌的莊稼，垂著飽滿的穗子，等待狂喜中的農夫來收割。

生洲北部奇高，像是故意要堵住神仙們北望的視線。開闊的緩坡上，種植著大茗、無患、洞冥草和女樹等。大茗樣子像茶樹，葉子細小、精緻，成熟後用做茶的工藝加工、儲存。然後，隨時可以用開水泡服。如果某人有幸日日泡飲，兩臂就會悄悄地生出羽翼，待羽翼豐滿，只要輕輕搧動，這人就會像鳥兒一樣飛起來，而且要比鳥兒飛得更高更遠更持久。人間虔敬修道的人都會有這麼一個清晨，他被一陣清香喚醒，睜開眼就看見枕邊放著一小袋大茗葉子。無患是一種樹，只有枝杈，不長葉子，樹質地堅硬、密度大。一截手能握緊、長尺許的無患木棍，握在手裡似有千斤。此木從裡到外烏黑發亮，沒有一絲雜質。神仙們用它做成粗細長短不一的棍棒和各種器物，分發給人間的巫師，去驅邪祛鬼。洞冥草不開花，長著一束束火把一樣的葉子。

這些葉子能夠自己發出火光，靠近者感到有熱浪撲面，再靠近會被灼傷。洞冥草也被神仙們分發給了巫師，火光不僅能讓鬼怪顯形，而且能驅逐甚至燒死牠們。洞冥草還有一個功能，神仙們沒有告訴任何一個巫師，就是它可以煮服，服用後身體也會發光。女樹，也可以稱為母樹，它生長在一塊平坦地帶，周圍有低矮的樹木，上面結著可以充飢的鮮嫩的果子，也有可以飲用的泉水潺潺流過。樹身粗壯，上面分布著豎起來的嘴唇一樣的樹痂。黎明時，可以聽到樹身裡有響動，像是什麼東西在裡面橫衝直撞，接著，在曙光中就可以看見，那些豎起來的嘴唇一個個張開，像打開的門，嬰兒就哭叫著從裡面爬出來，一個個掉在厚實綿軟的草地上。太陽升起來時，這些嬰兒已經長大，能夠在草地上行走和喊叫。早餐時分，他們已經長成少年，結伴向四方散開，去採摘自己喜歡的果子。中午時分，他們已是成年，有的爭論著什麼，個個面紅耳赤；有的望著天空沉思，有的茫然無措；有的面無表情地發呆。黃昏時，這些人步履蹣跚，變得老態龍鍾，身體裡的精血似已耗盡。月亮升起時，他們陸陸續續倒在地上，有的安詳，有的驚恐，有的翻滾著掙扎，發出淒厲的喊叫聲。但很快，一切復歸平靜和安謐。草地上的屍體像是化成了泥水，從草葉的縫隙間滲透進了田裡，月光朗照，像是沒有發生任何事情。第二天，這一切重新開始。女樹又粗又大，每天從樹身裡掉出來的嬰兒數目不等，樣子也不一樣。神仙們對此似乎熟視無睹，路過時從不駐足，連瞟都不往這邊瞟上一眼。

生洲上還長著其他數不清的植物，比如各種靈芝，其中有一種叫地脈紫芝，一株只長出一顆碧綠的靈芝，被紛披的葉子擁著，搖曳生姿，發出寶石般的光，香氣隨著光線瀰漫。還有一種玉紅草，它的沙棘一樣紅色的小果子，只要吃上一粒，即使是神仙也會醉上三百年。還有五木、不死草……

居所之九：鳳麟洲

鳳麟洲在茫茫無際的西海中央，環繞著鳳麟洲的幾百里之處是弱水帶，水面浮不起一根羽毛、一絲頭髮、一粒塵埃。鳳麟洲，因為洲上有成群結隊的鳳凰和麒麟而得名，神仙們不必勞累，幾萬隻鳳凰在天空飛來飛去，幾萬隻麒麟在廣闊的地面上奔跑著，牠們自己覓食，自己料理自己的生活。洲上有足夠的泉水和果子，餵養牠們。

鳳凰拖著華麗的羽毛，或棲息在高處的屋簷上，或帶著滿身的流星劃過空中，牠們偶爾鳴叫一聲，聲音像天邊滾過的雷聲，威嚴卻不刺耳。不管多大的鳳凰，都可以背負一位神仙飛翔，神仙喜歡這樣，像乘坐著一輛華貴的馬車，馳往人間。這樣的形象，給人間留下了深刻的印象，於是，鳳凰被畫在宮廷的牆壁上，被雕刻在祭祀用的青銅鼎上，被繡在一個國家裡最尊貴的女人的衣服上。鳳麟洲上的神仙們知道，鳳凰去過人間，但沒有一隻留下，人間的煙火讓鳳凰窒息，人間也找不到鳳凰可以飲用的水源和果腹的食物。

但是，麒麟去過人間，並有幾隻留了下來。

其中一隻出現在孔子出生前一個月的一天，孔子的母親從集市上歸來，推開柴門，就看見一隻奇異的小動物，仰著頭咧著嘴，眼睛亮而柔和，像是在院子裡等了很久，終於等到了要等的人，臉上洋溢著孩子氣的欣喜。孔子的母親立刻愛上了這個小動物，彎腰把牠抱在懷裡，進了屋子。仔細看，這個小動物長著鹿的身子，鋪著一層棕色的細而短的毛髮，抱在懷裡熱乎乎的，還能讓人感到心臟輕微、均勻的跳動。牠的四隻腳像馬的蹄子，外面的硬甲光潔透明，像是不知名的珍稀玉石，牠的尾巴像牛尾，下垂著，像一束還剛剛吐籽的麥穗，牠的頭偏長一些，乍看之下像一匹小馬駒的頭。最奇怪的是，牠的額頭上長出一隻角來，是肉質的，短而細小，像是用來裝飾，而不是觸碰外物或保護自己用的。孔子的母親看到這隻角時，欣慰地笑了。

「這是一隻小麒麟，稀有的瑞獸，牠是來告訴我，我將擁有一個偉大的兒子。」她心裡想著，騰出一隻手來摸摸自己圓鼓鼓的肚子。

小麒麟在孔子誕生的前一夜悄然離去。

七十年後的一天，蒼老的孔子一個人孤單地斜靠在床榻上，手持著一卷竹簡沉思。這時，一個弟子闖了進來，說集市上有獵人出售死麒麟。孔子急忙跑到集市上，果然見人們圍成一圈，朝著一隻躺在地上的麒麟議論紛紛。麒麟像一匹小馬駒那麼大，每個部位都清晰可辨，只是沒有了氣息。麒麟身上沒有血跡，顯然是被捕獲後活活勒死的。孔子彎下腰，猛然看見麒麟的獨角上，繫著一條紅色的絲帶，年長日久，絲帶已經和角質渾然一體。孔子突然不能自持，倒在地上泣不成聲。原來，眼前這隻沒有了氣息的麒麟，正是被母親抱在懷裡的那隻小麒麟。母親告訴過他，她把一條紅絲帶剪成兩截，一截繫在了小麒麟的角上，一截留給了孔子。此刻，繫在孔子脖頸間的那一截紅絲帶，正隨著孔子的哭泣而抖動不已。

八個世紀之後，另外一個偉大的人物，騎著一匹神駿的高頭大馬，行進在通往印度的沙漠上，身後是浩浩蕩蕩的軍士。軍隊像一條寬闊的河流，鎧甲在陽光下閃閃發亮，緩慢而有序地向前湧動。

這時，一隻麒麟攔在了前面，洶湧的河流停止了流動。

成吉思汗凝望著這隻突然出現的奇形怪狀的動物，感到似有一座無形的大山堵在面前，他無法推開，也無法翻越。一個漢臣騎馬過來，對成吉思汗說：

「這是一隻麒麟，牠堵在這裡，是要告訴您，我們是該返回我們的家園了。」

大臣察看成吉思汗的臉色，繼續說道：

「四年來，我們南征北戰，軍隊已經疲憊不堪。麒麟擋道，是在告誡我們遵循天意，收兵以避免血流成河。」

成吉思汗沉思片刻，朝著麒麟一拜，輕輕點了頭。

人間把鳳凰和麒麟當作珍禽瑞獸，但在神仙們眼裡，鳳凰不過是交通工具，麒麟也不過是傳遞預言的普通信使。對於祂們，鳳凰和麒麟還有另外的用途。

神仙們招呼來上百隻鳳凰和麒麟，用昆吾劍挨個把鳳喙削下一部分來，再把麒麟的肉質獨角割下一部分來，都放入一個巨大的煎鍋中，點火熬製，熬成藥膏。藥膏透明，像成塊的軟玉。這就是鳳麟洲上獨有的續弦膠，也叫連金泥。續弦膠用來修補天兵天將折損的武器，尤其是斷刀斷劍和拉斷的弓弩。用續弦膠黏結後的刀劍和弓弩，會比原初更加結實。

而那些受傷的鳳凰和麒麟，傷口會在鳳麟洲上的和風中慢慢癒合。

居所之十：聚窟洲

聚窟洲在西海之中，離開海岸二十四萬里，往北越過二十六萬里的海域，就是神仙們的另一個居所：崑崙。聚窟洲上大山縱橫，一個眼神好的神仙，隨便站在一座山的山頂上，就能看見崑崙山上的另一個神仙。聚窟洲上到處生長著一種樹，它高大秀美，樣子像楓樹，叫反魂樹。神仙們喜歡遠遠地扔過一塊石子去，撞擊在樹身上，樹身就會發出震耳欲聾的聲音，好像樹身裡藏著一個脾氣暴躁的貪睡的巨人，石子驚醒了它的夢，所以它憤怒地咆哮。

如果某個神仙興致上來，抓一把石子扔出去，散開的石子撞在十幾棵樹身上，聚窟洲上就會像天要塌下來，雷聲急迫、翻滾，這樣持續上一大陣子。聲音越過海域傳到人間，聽到的人們會驚恐萬分，做出種種可怕的猜測。

神仙們把反魂樹周圍的土刨開，露出縱橫交錯的樹根來，然後選擇粗細均勻的部分，用刀一前一後砍下來。整個過程中，反魂樹一聲不吭。神仙們把土坑埋好了，取著樹根離開，這時候，反魂樹開始叫喊，是那種壓抑的叫喊，想高聲喊又不敢的那種。神仙聽到了，向後把頭一轉，聲音馬上就消失了。接著，神仙們會把反魂樹樹根的皮削了，露出雪白的木心，放在盛滿了清水的大鍋裡用大火煮，煮到鍋裡的水留下一半了，把水汁取出來，換一個鍋，用溫火煎，一直到鍋裡水汁變成了黑色的糊狀物，最後把糊狀物團成櫻桃大的藥丸。這樣，聚窟洲上的震靈丸就做好了，如果不把它裝在一個特製的匣子裡，它的清香能擴散到百里之外。

震靈丸用來做什麼呢？

某年，居於遙遠荒僻的西北地域的月氏國，派來一個男覡，供奉給漢武帝四顆這樣的小藥丸，分別裝在封閉的不知什麼材料做的透明的小匣子裡。男覡說，這是震靈丸，打開匣子，香氣可以遍布方圓百里，死去的人聞到香味會死而復生。漢武帝瞟了一眼小匣子，看見裡面的小黑丸並沒有什麼奇異之處，心想肯定是這個男覡在胡說八道，便不耐煩地揮揮手讓男覡退下，然後吩咐身邊的大臣把這東西扔出去。

幾天後，男覡抱著一隻小動物覲見漢武帝，說這是月氏國的猛獸，要供奉給偉大的漢武帝。漢武帝一看，那猛獸就像一條小狗，毛髮發黃，像是營養不良，眼神也黯淡無光。漢武帝禁不住哈哈大笑，鄙夷地揮手讓男覡趕快退出去。男覡面色變得非常難看，他退了幾步，站在了半腿高的門檻前，輕輕拍拍小動物的腦袋，小動物像得到了指令，突然跳到大殿堅硬的玉石鋪就的地面上，朝著漢武帝大吼一聲。那聲音好像遠在天邊的雷聲滾滾而來，一直滾到了大殿之內，漢武帝和滿朝的大臣們被這吼聲震得東倒西歪，牆壁上懸掛的牌匾搖搖晃晃，有幾塊砸在了地上。混亂之際，男覡抱起他的猛獸揚長而去。待漢武帝緩過神來，立即派大臣去迎請男覡，但男覡和他的猛獸已經不知去向。

幾年後，長安城裡瘟疫四起，大街小巷到處是潰爛的屍體，漢武帝和大臣們束手無策。這時，一個大臣手捧著四個透明的小匣子，遞到漢武帝面前。大家立刻想起來，這是月氏國供奉來的震靈丸。「試試吧。」漢武帝似找到了救命的稻草，但依然心存疑慮。大臣們相擁著走出皇宮，分四路走向四個方向，半個時辰後，他們同時打開了匣子，把小藥丸放置在地上。一會兒，偌大的長安城裡飄滿了淡淡的清香。清香瀰漫在長安城裡，整整一天後，才緩緩消失。長安城裡，那些倒在地上的屍體，一個個像從夢中醒來，懵懂地環顧著四周，然後站起來，搖搖晃晃地回到自己的家。瘟疫也被驅散，長安城恢復了昔日的太平景象。

事後，漢武帝祕密派遣使者前往月氏國。數月後，使者歸來，說月氏國根本沒有這樣一位男覡，也沒有小狗一樣的猛獸，更沒有聽說過什麼震靈丸。

聚窟洲上的神仙們經常這樣，裝扮成不是神仙的樣子來到人間，把震靈丸分發到需要它的地方。

居所之十一：滄海島

滄海島在北海之中，四面是一望無際的海水。海水發黑，是那種乾淨的、發亮的黑。雖然名為島，踏上去走幾里地，面前就是高山峻嶺，再走進去，你就會忘記是在島上。山連著山，綿延不絕，時而陡峭時而奇崛。所有的山都是石山，沒有一棵樹、一根草，但五顏六色，顏色還會隨著陽光的強弱而變化。山上到處是洞穴，或高或低，或者開在絕壁之上，洞口或大或小，形狀各異，有的乾脆就是一道縫隙，這就是島上神仙的居所。

滄海島上的神仙分兩類，一類以採石煉丹為主，一類以採石雕刻為主。

島上奇石居多，有大量適合煉丹用的石料，比如朱砂、雄黃、雲母、空青、硫黃、戎鹽、硝石、雌黃等，但它們都需要從礦石中提取，於是，神仙們都變成了石匠，在灼熱的太陽下揮汗工作。晚上，祂們小心翼翼地按照配方，把精細的石料稱重配好，然後，支起煉丹爐，燃起柴火，開始煉丹。島上沒有柴火，要從鳳麟洲上運來，鳳凰就背負著成捆的柴火，在茫茫大海上飛來飛去。

天上天下的神仙數目龐大，祂們出行和交流需要信物，其中一種就是懸掛在腰際的鈐印，這些鈐印還用於文書和符咒之上，可以驅邪療疾。鈐印需要絕好的玉石雕成，因此，滄海島上的另外一群神仙，就身兼兩職，既是石匠，要找到適合做鈐印的玉石，還是雕刻家，在打磨好的章料上刻上字符或者圖案。

島上還有一小部分神仙，只負責採石，不過，祂們採來的石料，既不用於煉丹，也不用於雕刻鈐印，而是供神仙食用。祂們把大塊的滑石砸碎，從裡面尋找米粒大的肉芝，肉芝雖小，卻光彩奪目，非常容易辨認。一塊屋子大的滑石中，才可能藏著這麼一粒，這項工作讓精力旺盛的神仙們樂此不疲。

除了肉芝，仙丹和鈐印也是可以食用的。神仙們遊歷人間，會把仙丹送給亟需的病人，如果仙丹用盡，祂們會從腰間取下鈐印，把它燒製成灰，讓病人用水沖服。鈐印的藥效並不比仙丹遜色。

居所之十二：方丈洲

方丈洲在東海的中央，天下不願意升天的神仙都住在這裡。方丈，是教師的別稱，洲上的神仙喜歡去人間教授成仙的方法，為了便於切磋講授的技藝，祂們都聚集在這個洲上。方丈洲離開東南西北四個海岸的距離均等，都是五千里，是神仙居住的十五個洲島裡離人間最近的。但是，神仙可以自由地在洲上與人間遊走，人卻不允許踏上洲島半步。

洲上的神仙過著人間的生活，祂們耕種各種芝草，收穫後予以儲存。一年裡四季更迭，祂們的衣著也跟著替換，祂們要混跡於人間而不被人發覺，這樣更容易完成祂們的教化任務。祂們在洲上的食物除了各種芝草外，就是海裡的魚了。

洲上種植著大面積的石柱，也叫莽草。莽草生長得像灌木一樣密集、茂盛，神仙們把它們的果實碾碎，和在美味的靈芝裡扔進大海，成群的魚兒循著味道游來，迫不及待地吞食誘餌。很快，魚兒翻起肚皮，神仙們的大網一撈，鮮嫩的魚兒就可以下鍋了。

洲上的神仙還有另外一個職責，就是管理魚精水怪。

這樣的工作非常麻煩，因為魚精水怪潛伏在黑暗的海水深處，神仙中沒有幾個能夠到達那裡。好在魚精水怪環繞在方丈洲周圍，離開人間很遠，幾乎不會發生騷擾人間的事情，神仙們也就懶得在這方面煞費心機。

方丈洲上的神仙有數十萬，祂們輪流著奔赴人間。如果在一個鄉村或者城鎮，悄無聲息地來了一個人，他可能是木匠、鐵匠或者郎中。他勸人向善，對那些修道的人特別留心，一段時間後，他又悄無聲息地離開，這個人就很可能是從方丈洲上來的神仙。

居所之十三：扶桑

扶桑在東海的東岸方向。東岸看上去像一條直線，沒有弧度，登上東岸，還要走上上萬里，才能看到一片碧海之中，有一個島嶼，這就是扶桑。島上平坦，生長著巨大、粗壯的樹木。其中最為奪目的是椹樹，幾乎都高達幾千丈，樹身要兩千個神仙拉著手才能圍上一圈。這種樹根部一冒出地面就分成兩支，然後微微傾斜著向上生長，好像極不願意分開，枝丫和葉子互相交織在一起，根本分不清長在哪一棵上。從遠處看，它們就是一棵。

椹樹如此巨大，結的果子卻不多，一棵雙生的椹樹只能結上百顆果子，而且果子的個頭也不大，像普通的棗子。更讓人吃驚的是，它九千年才結一次果，好在神仙們有的是時間等待。椹果有一種神奇的功能，食用後身體會發出金色的光芒，這金光可以把身體托起來，隨意念而在空中移動。還有更神奇的，椹果可以讓神仙們分身有術，頃刻間變化出上百個自己來，而且可大可小。

能夠享用這種果子的神仙很少，所以，如果在人間遇到身高幾丈的巨人，或者小到老鼠一樣的矮人，都不要害怕，它們絕不是什麼妖魔鬼怪，而是來自扶桑的神仙。

居所之十四：蓬丘

蓬丘，就是蓬萊山，對著東海的東北岸，周圍海水呈黑色，終日洶湧澎湃，像有無限的仇恨和憤怒要傾訴，讓人毛骨悚然；又像裡面囚禁著無數的困獸，吼叫聲讓接近的神仙都毛骨悚然。遠遠望去，蓬丘就是一團化不開的黑雲堆在大海之上，任何神仙都無法穿越，但偶爾有神仙在周圍飛上半天後，還是鼓足勇氣一頭扎進黑雲之中。

穿越濃密的黑雲後，這位飛神的眼前就豁然開朗了。好像一顆有著肥厚的黑皮的果子，把皮剝開後露出裡面白色的果肉，這位飛神此時的感覺就是這樣。

蓬丘上坐落著幾間普通的房子，牆壁由玉石砌成，屋頂上凝著一層香氣。來到蓬丘的飛神是來向屋子裡住著的神仙匯報一件大事的。但是，也許祂依次推開九間屋子的門，裡面都空空如也。

這是仙界九老丈的別墅，祂們閒雲野鶴，行蹤難定。

居所之十五：崑崙山、鍾山及其他

崑崙被弱水環繞著，在西海的西北方向上，離開海岸十三萬里。弱水之外，四個角上又坐落著四座大山，像四個巨人一樣護衛著崑崙。崑崙是王母的屬地，山上堆金積銀，玉樓林立，各種靈芝仙草自生自滅。人間沒有的物品，這裡應有盡有。穆天子曾經來過這裡，親耳聆聽王母的教誨。

崑崙往北一萬九千里，就是鍾山。鍾山高聳入雲，終日繚繞祥雲之間，山上的宮殿和天上的宮殿連成一片。這是天帝的屬地。鍾山有四座圍城，其中南面平邪山下有一洞穴，山外的神仙就從這裡通過，然後飛至鍾山之上，因為鍾山周圍也環繞著無邊無際的弱水。

大禹治水完畢後，曾經來到過鍾山，路過弱水時，他用可以飛行的木頭做了一駕蹺車，擦著水面滑行而過。天帝私下里接待了他，與他交談良久。後來，他回到人間，命令石匠們把交談的內容刻在高山之巔，石匠們冒著酷暑，趴在險峻的峭壁之上，懷著崇敬的心情鑿刻出一筆一畫，但沒有人能夠看得懂這些符號的意蘊。大禹知道，但他不願意透露天意。

神仙們飛過時，偶爾會有幾個斜著落在峭壁上，或者懸在峭壁前，仔細辨認這些符號。祂們發現有一部分符號是在暗示某些地點，這些地點應該是神仙們更隱祕的居所。不過，祂們更懂得保守祕密。

但總有人渴望破譯這些密碼。他們試圖透過破譯這些密碼，找到神仙的居所，去與神仙溝通，獲得永生的祕密。其實，不管是天上的，還是海上的，神仙們終歸要來到人間，人間才是他們待得最多的居所。當你走在街道上，前面那個行色匆匆的陌生人，也許就是一個神仙！

君子國

君子國起初建立在山腰上，幾十個君子夜以繼日地工作，不出一個月的時間，簡陋的房屋和院落就出現在樹木掩映的山腰上。君子國的建立完全是自發的，這幾十個人性情平和、淡泊名利，尤其是謙讓的品行到了無以復加的程度，也因此永遠選不出一個首領來。山下的部落組織機構成熟，部落首領掌管著部落的命運。君子國也一度產生過選舉一個首領的想法，但每一個君子都真誠而堅決地謙讓著，誰也說服不了誰，最後大家都絕望了。但即使沒有首領，君子國運轉正常，該做什麼大家都不要別人提醒或督促，一切都在有序地運轉著。而且，君子國的人數在緩慢地增加，天下各地的君子紛紛慕名而來。

但是，沒過多久，君子國就出現了一個奇怪的現象。君子國需要下山採購一些必要的生活用品，君子們下山時，常常不是扭傷了腳踝就是摔斷了腿，或者走著走著就感到渾身無力癱倒在地上。每次，都是被上山打獵的獵人或者路上的行人救助，他們把這些君子抬回到山上。更奇怪的是，山上開始生長一種薰香草，馨香濃烈，花朵美豔，但早晨破土出芽，到中午時花朵盛開，太陽落山後就枯萎了。這讓君子國的君子們聯想到自己的生命狀態，禁不住憂心忡忡，不寒而慄。

夏日的夜晚，在一個月光可以朗照到的地方，上百個人席地而坐，討論是不是該換個地方居住。

「也許是風水的緣故吧，不妨先換個地方試試。」一個君子細聲細氣地提議。

「我贊成。我們東西不多，搬遷起來也方便。」

「但是，遷到哪裡呢？」

「我聽說離肝榆之屍住的地方往北，有一塊地山清水秀，我們可以去那裡。我們身體上的疾病可能是與人離得太近的緣故，那裡因為人們懼怕肝榆之屍，所以沒有人去過，應該是一塊清淨之地，適合我們生存和生活。」

「我聽說肝榆之屍不僅面目猙獰，性格也凶殘暴戾，我們去了不怕受害嗎？」

「那是謠傳。我見到過肝榆之屍，他們成天像夢遊一樣生活著，並不是傳說中的樣子。」

「如果是這樣的話，我們就去那裡試試吧。」

討論結束，大家陸續站起身來。因為大家都在腰間佩著寶劍，所以起身時響起一陣劍鞘碰到地面的聲音，還因為大家都衣冠楚楚，衣服扯動的聲音也窸窸窣窣地響起。這樣過了好一會兒，君子們才陸陸續續離開這裡，各自回到自己的院落。這樣的月夜，大家是不會早早就寢的，大家還要坐在院落裡安靜地賞月，有人還要輕聲吟誦心裡湧上來的詩句。

搬遷的準備工作從第二天一早開始，大家只把必要的東西裝在馬車上，比如衣服、行李和食物等，並且在車廂裡預留出女君子們坐的位置。然後把所有的院落和屋子都打掃得乾乾淨淨。他們想，這樣路人或獵人就可以舒舒服服在裡面休息了。

準備停當，已經是正午時分，大家吃點乾糧喝點清水當作午餐，然後就出發了。

馬車路過一個部落時，被部落的人攔了下來。很快，部落的首領來到車隊前，他得知這是君子國在遷徙，立刻恭恭敬敬地邀請大家到部落休息，等明天一早再啟程。君子國的君子們見天色已近黃昏，稍做商議就答應下來。

君子國的君子們受到了熱情的款待。部落的人們把最好的房屋騰出來，讓君子們入住。君子們當然推讓著，不願意打擾部落人的正常生活，但部落人的好意讓君子們無法推卻，最後只好忐忑不安地住進去。有些君子一夜未眠，想著得到如此熱情的招待該如何報答。

第二天，一道難題出現在君子們的面前。

君子們一大早起來，匆匆忙忙穿戴整齊走出屋門，發現昨晚牽進馬廄裡的馬匹不見了。大家議論半天，一致認為馬是被好心的部落人牽到河邊去洗了。但早飯過後，他們準備出發時，仍不見部落人把馬牽回來。於是，一個君子輕聲問身旁一個部落人：

「先生，我們準備出發，該給馬車駕轅了，可是，我們的馬匹……」

「這得問我們的部落首領。」部落人聲音洪亮地回答。於是，大家把目光聚焦在了前面部落首領的身上。部落首領抹一把嘴唇，把黏在嘴唇上的飯粒抹去，站到高處回答道：

「君子們，大家都知道，近期部落之間打鬥頻繁，一場惡戰近在眼前，我們亟需一批戰馬，所以就把大家駕車的馬匹牽走了。考慮到大家是君子，肯定願意急人所難，甚至捨身救人，也就沒有提前打招呼。非常抱歉，大家只好自己拉著馬車上路了。」

君子們聽了面面相覷，彼此的眼神躲閃著，沒有一個人吭聲。

塵土飛揚的大路上，上百個君子和三十多輛馬車在緩緩前行，但駕轅的已經不是馬匹而是人，女君子們也從車廂裡下來，跟在後面用力推著馬車。所有的君子都失去了往日的儀表，原來整齊的衣衫捲起來別進腰帶中，佩劍插進行李間的縫隙，每個君子都蓬頭垢面，包括那些為數不多的女君子。

又到了中午時分，君子們在路旁的一片小樹林中休息，同時取出乾糧和清水填充一下乾癟的肚子。因為疲倦，大家很快就癱在地上睡著了。

一覺醒來，眼前發生的情景讓君子們大吃一驚。

小樹林外面，烈日下的大路上，安靜地站著兩撥隊列，一撥是馬群，一看就是君子們失去的那五十多匹馬；另一撥是老虎，上百隻老虎雕像一般站在那裡，華貴的斑斕紋道在陽光下雖然不動，但特別耀眼。馬群和虎群前各站著一個人，表情恭敬，兩臂垂下，從額頭上冒出的汗滴判斷，他們已經靜候多時。

見君子們陸續醒來，虎群前的男子跨前一步，站在最近的那個君子面前，說：

「各位君子，我們是崑崙山上的神祇，管理山林和獸類，路過此地知曉了你們的遭遇。我們已經懲罰了那個部落，並索回了你們的馬匹，但是，考慮到你們作為君子的秉性和軟弱，我們喚來馬匹數雙倍的老虎贈予你們，一則供你們差遣，一則可以保護你們盡快順利到達目的地。馬匹我們帶走，老虎給你們留下。」

君子們一陣商量過後，最前的那一位輕聲輕語地說：

「謝謝兩位神祇！我們同意接受祢們的幫助。」

兩位神祇點頭，站在老虎前的那位回頭吩咐幾句，老虎們便湧到馬車旁。「君子們，讓老虎代替馬匹駕起你們的馬車來，你們可以放心地上路了。」

一陣忙亂後，老虎駕轅的車隊整裝待發，君子們再次謝過兩位神祇，全部坐到了車廂上，沿著大路朝前走去。等君子們走遠了，兩位神祇才騰空而起，那五十多匹馬也像有了神性，迅速離開地面跟著兩位神祇，朝崑崙山方向飄去。

君子們的「虎車」一開始速度緩慢，漸漸地速度在加快，等車廂上的君子們適應了加快的速度後，「虎車」就飛速奔跑起來。

幾天後，「虎車」穩穩地停在了目的地。這裡的環境與傳說中的沒有兩樣，青山綠水，鬱鬱蔥蔥，因為有肝榆之屍在不遠的地方，這裡真正是人不敢至。

君子們很快安頓好了住所，住所簡陋而實用。他們在稍高點的地方立了一塊牌子，上面刻上「君子國」三個字。他們把老虎們飼養起來，在院落周圍建好了幾十座低矮的屋子，供老虎們居住。因為有老虎和他們生活在一起，作為鄰居的肝榆之屍也不敢輕易走近這裡。

似乎一切按照君子們的願望發展著，但一年後，君子們發現，他們不僅沒有擺脫疾病的折磨，而且竟然沒有能力繁衍後一代的君子。

君子們還是走路時會突然感到渾身無力，必須坐在地上休息一會兒，有時甚至需要半天工夫才能恢復體力。冬天來到時，有幾個君子因為摔倒在地上直到凍死才被人發現。君子國的人數在急遽減少，女君子們卻沒有生育能力。不過，總有君子不遠萬里慕名而來，讓君子國的人數永遠保持在百位數上。

有一個君子曾在夢中問過一位神祇其中的緣由，那位神祇始終緊閉嘴唇不予解釋。

女人島

一個深夜，智觀察天象時得到神啟，在離開海岸向東南方向航行二十天，就可以發現一個小島，島上長滿了高大的桃樹，桃樹掩映下有一個神祕的國度。智不知道神祇為什麼要把這個消息告訴他，但好奇心讓他立刻就產生了去探訪的渴望。神啟中桃花盛開，顏色鮮豔、香氣襲人，恍恍惚惚中，那些桃花會幻化成一張張美豔的面孔，有的微笑有的沮喪，有的憤怒甚至猙獰，這讓他探訪的欲望更加強烈。

第二天，他把神啟告訴了鄉鄰，並表示要徵集二十人前往探訪。很快，報名的就達到五十餘人，智說這是探險，可能會遭遇不測，人數馬上就減到三十餘人。智從三十餘人中精心挑選，留下了二十個身體強壯並有豐富航海經驗的，他們都表示願意把生死置之度外。

「也許會得到意想不到的財富，也許會有去無回。」智清楚這些冒險者心裡想著什麼。

「什麼樣的風浪我們沒有見過，大海中什麼樣的怪物能掀翻我們的船舶？智，為什麼要說『有去無回』這樣喪氣的話呢。」大家紛紛議論道。

「好吧，我們立刻行動，先造一條大船，同時準備足夠的飲用水和食物，趕在桃花怒放前出發。」智陡生信心，口氣變得堅決而自信。

「好，好！」大家一陣歡呼。

這是一個大海邊的小漁村，生活著上百戶漁民，他們跟著大海的潮汐變化選擇出海的日子，休漁期間就在身後的山地上種些莊稼。智是一個普通漁家的孩子，他七歲時被一陣海風捲走，十七歲時卻突然回來。他對這十年的生活閉口不說，但他帶回了占卜和療疾的本領，讓漁村的人受益不淺。母親因為失去他哭瞎的眼睛，也在他的治療下神奇地重見天日。漁民們發現，他對漁事沒有任何了解，因此判斷他被海風捲到了離海很遠的地方，但那是什麼地方呢？智不說，也就沒有人能夠知道。

智要帶領二十個人去海上探訪的決定讓小漁村沸騰起來，人們對智有著莫名的崇拜和絕對的信任，尤其是那些過膩了平淡生活的年輕人，他們恨不得立刻就跟著智出發，心中的激動讓他們根本想不到任何危險。但是，智心裡忐忑不安，他悄悄地躲在僻靜處占卜凶吉，蓍草卻像嵌入地面一樣，沒有任何變化。大船快要造好的時候，智最後一次占卜，蓍草的變化預示著凶多吉少。當夜，智夜不能寐，午夜時分，他披衣出門，站在院子裡觀察天象，上次給他神啟的那隻無頭之鳥再次出現，牠在夜空中劃過幾條清晰的曲線後，像一團煙霧一樣融化在夜色中。這次，智沒有讀懂那幾條線的含義。

第二天，智宣布取消行動，並坦誠地說出了占卜的結果，但已經急不可耐的人們不聽他的勸告，一致表示即使智不去，他們也要如期出發。智無計可施，只好重振精神，更加用心地做準備。

一個風和日麗的早晨，一條嶄新的大船揚帆出海，全村的漁民都來到海邊送行。大家興高采烈，小小的漁村像是在過節。船離開海岸幾十丈遠時，一個孩子突然放聲大哭起來，哭聲竟然傳染給了其他孩子，海岸上頓時響起了此起彼伏的哭聲。哭聲被風吹到船上，船上的人們禁不住心裡一陣陣發緊。

大海風平浪靜，大船像一片葉子，不急不緩地往前飄。小漁村漸漸在視野裡消失，越來越開闊的海面讓人們心情開朗起來。船上的每個人都各司其職，智站在船前，密切關注著海面，他擔心災難也許會在某一瞬間突然降臨。

大船航行了五天，沒有發生任何事情，第六天時航行找不到了方向。智每天深夜子時，都會獨自站在船頭觀察天象，然後把一棵蓍草扔進海中。蓍草會像一條魚一樣，一直游動在船頭看得見的地方，大船就跟著這根蓍草前行。到第二天子時，蓍草沉入海水中，智就再續上一根。但是，第六天，他把又一根蓍草扔進海中，蓍草竟然立即沉入海水中。這不是一個好兆頭，但他不敢聲張。他故作鎮靜，憑這幾天累積的經驗，給出舵手航行的方向。大船就這樣又航行了一天。子時，智焦急地把一根蓍草扔進海中，蓍草在海面停留片刻後再次沉了下去，智絕望地閉上了眼睛。

大船上的漁民們並不知道方向出了問題，每過一天，大家對那座島的渴望就增加一分。為了盡快到達目的地，大家主動分成了兩組，一個白天組，一個黑夜組，一天十二個時辰輪流工作，讓大船不停歇地向前航行。

黃昏時分，智欣喜地看到海面上隱隱約約出現了一條線。大船靠近時，發現是一個小漁村，雖然是在夜色中，但看上去非常熟悉。智招呼興奮的人們小心上岸，有人沮喪地喊了一句：

「這，怎麼轉回來了？」

果然，大家清清楚楚地看到，自己回到了剛離開八天八夜的家。喊叫了一陣後，大家憤怒地把智圍了起來。

「為什麼要回來？」

「你是在耍大家嗎？」

智有口難辯，但也為誤打誤撞回到故鄉心裡竊喜，「終於不用擔心災難降臨了。」他想著，任憑大家把怒氣撒在自己身上。但是，大家聚集在岸邊，沒有人願意挪動腳步走向自己的家。有晚歸的漁民發現了他們，於是，漁村像睡著的人被人喊醒，人們陸陸續續從家裡走出來，圍住了突然回來的親人。但奇怪的是，彼此之間並沒有表現出絲毫的欣喜，歸來的人顯得非常羞愧，像是做錯了事，更像是打了敗仗一樣，而漁民們都陰沉著臉，起初用冷眼看著他們，接著嘴裡嘟囔著，一邊指指點點，表情充滿責備和鄙夷，有人甚至朝著他們吐起口水。

智感到強烈的痛苦和恥辱。這時，那隻無頭之鳥第三次出現在智的視野裡，這次他清楚地領會了無頭之鳥劃出的曲線的確切含義，那是在詢問他是否還願意再次出海，他沒有猶豫，在心中堅決地回答道：

「願意。」

那隻無頭之鳥顯然聽到了回答，大聲鳴叫著消失在夜色中，而智也在這一瞬間醒來。原來他做了個夢。他醒來後做的第一件事就是站到船頭去，把一根蓍草扔向海面，蓍草在海面上飄飄忽忽，最後草尖像箭頭一樣指向一個方向。智指揮舵手調整方向，加速前行。

二十天後，智看到了那座夢中出現過的小島。遠遠望去，小島像是用粉紅色畫在海上一樣，近了，才看清是盛開的桃花。小島幾乎被桃花覆蓋，密集的大朵的桃花遮住了桃樹的樹幹和樹枝。智仔細看著，想看到人或動物的影子，但一眼看過去，除了桃花還是桃花，哪有什麼人和動物的影子。「莫非是一座無人之島？」智想，他吩咐漁夫們準備上岸，同時做好可以迅速撤離的準備，並把一半的人留在船上以防不測。

智和同伴們小心翼翼地踏上了小島，他們放慢腳步謹慎地前行，這樣每走一段路都要用很長時間。島上除了桃樹，沒有其他樹種。島上的路是人工修築的，但周圍卻不見人影，也不見任何建築物，這讓智每走一步都膽顫心驚。

估摸著走到島中心時，終於發現了一個院落。院子用籬笆圍著，智站在關閉著的籬笆門前小心翼翼地喊道：

「有人嗎？」

他的喊聲只驚飛了一隻鳥。他又喊了幾聲，依然沒有人回答，大家於是蜂擁而入。院子很大，十幾間房子好像專門為他們而建，寬敞的房間裡生活用品一應俱全，儲存的糧食足夠他們吃上十幾天。大家十分興奮，自行結伴分別住進了房間。智選擇最寬敞的一間進去，立刻召集郁和葵分析島上的情況。

郁體格健壯，頭腦也很靈活，他像智一樣心裡存著擔心：

「智，我覺得這座島上暗藏著玄機，我們應該趕快離開。」

葵年齡小，身體結實而靈巧，懷有特殊的本領，很被智看重。他心強氣盛，反駁道：

「我不這樣認為。我覺得這座島上肯定有人住著，根據這個院子的情況判斷，他們從海面上發現我們後，來不及收拾東西就趕緊躲起來了，而且，他們不可能強悍，我們根本用不著害怕他們。」

智聽了葵的話，不由得點點頭，緊張的情緒也立刻放鬆了許多，他對葵說：

「你帶兩個人到周圍察看一下，看能否找到一些遺留的跡象，判斷出他們究竟是什麼樣的人。對了，還是小心為上，不要跑得太遠，一旦遇到危險趕緊返回。」

「好的。」葵說著離開屋子。

智又吩咐郁安排大家生火造飯，一時間小院子裡熱鬧起來。飯做好了，但葵沒有回來，智的心又懸了起來。飯罷，大家心滿意足地回到各自的房間，只有智和郁留下來，兩人預感到肯定發生了什麼事情。

果然，葵一個人回來了，滿臉的驚恐，他喘著氣敘述了剛才發生的遭遇。

葵帶著兩個同伴離開院子，有兩條小道通向相反的方向，他們在猶豫著踏上哪條小道時，左邊小道旁的幾棵桃樹後閃過一個人影，他們立即追了過去。人影飄飄忽忽，在桃花間遊蕩，身姿苗條婀娜，一看就是一個女子。這個女子好像在躲避他們，又像在誘惑他們，但他們顧不得考慮，只一味地想追上她。

他們窮追不捨，很快就迷失了方向，而那個女子也消失在一片桃花中。葵選擇一棵高大的桃樹攀了上去，他要觀察一下他們的院子在哪裡，他臨行前曾告訴智，讓他的房間裡不要熄火，好讓炊煙一直飄著，葵他們即便迷了路也能找回來。葵在樹頂上向四周張望，就看到了一個低凹處飄起來的炊煙，他興奮地低頭要告訴兩個同伴，卻發現地上的同伴不知去向。他迅速地向周圍搜尋一遍，沒有任何蹤影。

「他們兩個就這樣不聲不響地消失了。」葵驚魂未定，神色依然慌張。

「我們上了女人島。」智說。

「什麼？什麼女人島？」

「我七歲時被一陣風捲走，其實是被靈山上的神仙帶走的。在靈山上，我學習占卜和巫術，也聽到過關於女人島的傳聞。說女人島在一片大海之中，島上種滿了開花的樹，島上只有清一色的女子。因為島上四季如春，女子們都裸露著身體，她們會在春天的第一次風中懷孕，她們生下的嬰兒，如果是女孩就會健康成長，如果是男孩他們會在三個月後融化在深夜刮過的風中。她們不允許任何外界的人踏上小島半步，她們會用無形的繩索把外人綁起來，牽到大海邊，驅趕著他們下海離開。可是，大海茫茫，我們乘著船，經過二十個晝夜才來到這裡，又有誰能夠游著回去呢？」

「我們的船還在岸邊，趕快離開吧。」

「但願船還在。」智說。

一大幫人匆忙趕到了岸邊，但岸邊既沒有船，留下來照看船隻的人也不見了。葵有著神奇的目力，他朝著一望無際的海面上望去，沮喪地喃喃自語道：

「他們在海裡……」

葵話音剛落，所有人都像受到了驅趕，紛紛朝著大海奔去，口裡喃喃著「回家」、「回家」，一個個「撲通」、「撲通」跳進海裡，奮力向前游去……葵也跳進了海裡。

智一個人站在海岸上，他望著同伴們遠去的身影，悲傷地低下了頭顱。

參考文獻

方韜注《山海經》，中華書局

〔漢〕宋衷注《世本》，商務印書館

〔戰國〕呂不韋編、劉亦工譯注《呂氏春秋》，崇文書局

〔晉〕張華著、鄭曉峰譯注《博物誌》，中華書局

〔晉〕干寶著、馬銀琴等譯注《搜神記》，中華書局

〔漢〕劉向著、程翔評注《說苑》，商務印書館

〔漢〕東方朔著《海內十洲記》影印本，廣益書局

〔漢〕劉安著、盧福咸校、茅盾注《淮南子》，中國文史出版社

〔南朝・宋〕范曄編撰《後漢書》，中州古籍出版社

〔唐〕段成式著、杜聰校《酉陽雜俎》，齊魯書社

參考文獻

〔宋〕朱熹集注《楚辭》，知識出版社
〔宋〕曾慥著《類說》，文學古籍刊行社
〔元〕周致中著、夏鼐校注《異域志》，中華書局
徐宗元輯《帝王世紀輯存》，中華書局

電子書購買

爽讀 APP

國家圖書館出版品預行編目資料

洪荒記：西王母 × 九天玄女 × 神荼鬱壘 × 靈山巫咸 × 比翼鳥，宋耀珍短篇神話小說集 / 宋耀珍 著 . -- 第一版 . -- 臺北市：崧燁文化事業有限公司 , 2024.01

面；　公分

POD 版

ISBN 978-626-357-898-2(平裝)

857.63　　112021191

洪荒記：西王母 × 九天玄女 × 神荼鬱壘 × 靈山巫咸 × 比翼鳥，宋耀珍短篇神話小說集

臉書

作　　者：宋耀珍

發 行 人：黃振庭

出 版 者：崧燁文化事業有限公司

發 行 者：崧燁文化事業有限公司

E-mail：sonbookservice@gmail.com

粉 絲 頁：https://www.facebook.com/sonbookss/

網　　址：https://sonbook.net/

地　　址：台北市中正區重慶南路一段六十一號八樓 815 室

Rm. 815, 8F., No.61, Sec. 1, Chongqing S. Rd., Zhongzheng Dist., Taipei City 100, Taiwan

電　　話：(02) 2370-3310　　　傳　　真：(02) 2388-1990

印　　刷：京峯數位服務有限公司

律師顧問：廣華律師事務所 張珮琦律師

定　　價：399 元

發行日期：2024 年 01 月第一版

◎本書以 POD 印製

Design Assets from Freepik.com